Ludmila Oulitskaïa est née en 1943 dans l'Oural. Elle a grandi à Moscou et fait des études de biologie à l'université. Mariée à un sculpteur, Andreï Krassouline, elle a deux fils et vit dans la capitale russe. Elle a écrit de nombreuses pièces de théâtre, des scénarios de films et, depuis le début des années 1980, se consacre exclusivement à la littérature. Ses premiers récits sont publiés à Moscou à la fin des années quatre-vingt dans des revues. En 1993, paraît en France son premier recueil de nouvelles, *Les pauvres parents*, dans lequel elle peint ses personnages avec une humanité presque palpable. Trois ans plus tard, son roman *Sonietchka*, magnifique portrait de femme, reçoit le prix Médicis Étranger. Sonietchka, depuis toujours, puise son bonheur dans la lecture et la solitude. Malgré toutes les épreuves qu'elle rencontre — les difficultés matérielles de l'après-guerre, l'adultère de son mari, le départ de sa fille, Sonietchka est heureuse avec ses livres... Ludmila Oulitskaïa publie ensuite *De joyeuses funérailles*, un roman qui réconcilie l'humour et la mort, les interrogations métaphysiques et l'amour de la vie. Dans *Un si bel amour et autres nouvelles*, elle s'attache à décrire le monde de l'enfance et de l'adolescence, ces moments de passage où la sensualité s'éveille. Dernier roman paru en France, *Le cas du docteur Koukotski* raconte l'étrange histoire d'un jeune chirurgien et obstétricien qui a un don très particulier : une vision quasi radiologique lui permet de voir immédiatement de quel mal souffrent ses patients. Mais ce don disparaît chaque fois qu'il a des relations sexuelles avec une femme. Sauf avec Éléna, qu'il arrache à la mort au début de la Seconde Guerre mondiale et dont il tombe amoureux dans la salle d'opération...

En une quinzaine de nouvelles et quatre romans, Ludmila Oulitskaïa s'est imposée comme la digne héritière de Tchekhov. Elle offre à ses lecteurs une vérité sur la société russe comme peu d'auteurs contemporains ont su l'exprimer jusqu'à présent.

Découvrez, lisez ou relisez les livres de Ludmila Oulitskaïa :

DE JOYEUSES FUNÉRAILLES (Folio n° 3489)

UN SI BEL AMOUR ET AUTRES NOUVELLES (Folio n° 3921)

SONIETCHKA (Folio n° 3071)

Ludmila Oulitskaïa

La maison de Lialia

et autres nouvelles

Traduit du russe
par Bernard Kreise

Gallimard

Ces nouvelles sont extraites du recueil *Les pauvres parents* (Du monde entier, 1993).

La maison de Lialia

Olga Alexandrovna — en famille on l'appelait Lialia — avait un caractère en or. Belle et légère, elle ne demandait pas grand-chose à la vie, mais ne laissait pas échapper ce qui lui passait entre les mains. Elle s'entendait bien avec tout le monde : son mari Mikhaïl Mikhaïlovitch, un universitaire indolent et terne, vieilli prématurément ; son fils Gocha, qui était en première ; les gens les plus divers, même ses collègues femmes fort médisantes de l'université, ses amants qui ne disparaissaient pas mais se remplaçaient deci de-là en se bousculant légèrement.

Seulement voilà ! Avec sa fille Liéna, les relations étaient difficiles. Elle était le portrait de son père — la même indolence, un visage bouffi et indéfinissable. Son arrière-train était proéminent et sa petite poitrine n'était pas à la mesure de l'ensemble de sa silhouette. L'allure banale de sa fille, son aspect apathique, ses cheveux blondasses révoltaient Olga Alexandrovna au plus profond d'elle-même. Il lui arrivait d'agresser Liéna : elle exigeait fermement qu'elle se soucie de son apparence ; elle la forçait à s'habiller élégamment, et il y avait fort à faire. Mais Liéna se contentait de s'énerver et de se renfrogner, pleine de mépris. Elle prenait sa mère en grippe et était secrètement dépitée que ce ne fût pas elle, mais son frère qui ait hérité de Lialia ses yeux lumineux, ses sourcils nets et son nez régulier, ses dents d'une robuste blancheur.

De plus, certaines rumeurs concernant les aventures hétéroclites de sa mère s'étaient insinuées jusqu'à elle : à vingt-deux ans, elle avait terminé la grande école où son père dirigeait une chaire et où sa mère enseignait la littérature française. Vis-à-vis de son père bien-aimé elle éprouvait aussi parfois une irritation hargneuse et était scandalisée par la tolérance immorale de sa conduite : ainsi, pourquoi acceptait-il les rires de Lialia au téléphone, ses absences, ses mensonges et sa coquetterie sans discernement avec tous les individus de sexe masculin, jusques et y compris le policier du commissariat et le matou des voisins...

D'ailleurs, l'âge même de sa mère semblait à Liéna avoir dépassé depuis longtemps la limite où les flirts, les aventures et toutes ces bêtises sont permis.

Mais Lialia avait une subtile théorie du mariage, d'après laquelle les tromperies conjugales ne faisaient que le renforcer, en suscitant chez les époux un sentiment de culpabilité qui cimentait tendrement toutes les lézardes ou les brèches dans les relations. Lialia ne supportait pas les drames, ne se liait jamais d'amitié avec des femmes enclines aux souffrances amoureuses et au pathos romantique, et son expérience de la vie la confortait dans la justesse de ses convictions. Son propre bonheur familial se multipliait en un bonheur extrafamilial. À côté d'une saine famille harmonieuse, elle avait des rencontres automnales sur les bancs des jardins, de furtifs attouchements de genoux lors des réunions des professeurs de chaire, des baisers dérobés sous les porches et des fêtes torrides célébrant une double tromperie — celle de son mari et d'une amie avec le mari de laquelle elle s'accouplait de manière fugitive et lumineuse dans quelque heureux endroit de fortune...

L'hostilité de sa fille chagrinait Lialia. Elle rêvait que sa fille se trouvât un amant et devînt un peu plus humaine. Mais la fille intelligente se comportait envers sa mère avec une condescendance sarcastique, et elle expliquait à sa meilleure amie :

« Tu vois, ce sont des clichés vulgaires de leur jeunesse. Dans ce milieu d'intellectuels, d'universitaires, l'exigence de liberté se concrétisait d'abord dans la débauche. Oui, oui, ajoutait cette vilaine gamine, durant leurs inoubliables années soixante, ils étaient tous dissidents ou débauchés... Soit l'un, soit l'autre... » Liéna roulait légèrement des yeux : « Je pourrais écrire toute une thèse dont le sujet serait : "Les particularités psychologiques des anciens des années Soixante". »

Soit dit en passant, elle avait un autre sujet de thèse. Telle était la bombe ambulante qui se trouvait en permanence dans la maison d'Olga Alexandrovna. Il n'était pas étonnant que les relations avec son fils lui aient donné tellement plus de satisfaction... Tout en ressemblant extérieurement à sa mère, il avait hérité de son père un esprit pédant et avide de connaissances, un penchant pour le dogmatisme et, dans les choses pratiques, une bonne dose d'orgueil masculin. Mais ce qui liait avant tout Olga Alexandrovna à son fils était un don fort rare — divin ou diabolique ? —, le don de charmer. Dès son plus jeune âge, ses camarades se faisaient concurrence pour être à côté de lui, partager le même pupitre, porter son cartable ou lui passer le ballon... C'est pourquoi la maison du professeur était toujours pleine de monde. Les voisins, d'anciens étudiants, les amies de Lialia de toutes les époques de sa vie et de tous les genres, depuis la manucure jusqu'à la femme de ministre, les camarades de classe de Gocha, les gamins de l'immeuble, mais aussi un tas de gens qui passaient là par hasard, sortis d'on ne sait où.

Les deux grandes bouilloires ne quittaient jamais le gaz. À la maison, on achetait de la nourriture bon marché et en grandes quantités. Le professeur, qui passait la plupart de son temps dans son bureau, au fin fond de l'appartement, d'où parvenait le crépitement faible et arythmique de la machine à écrire, se faufilait plusieurs fois par jour dans la cuisine, buvait un thé léger avec un sourire indéfinissable en avalant une tartine de fromage et, après avoir écouté quelques conversations non dénuées d'intérêt, se retirait de nouveau dans son bureau. Il aimait le vacarme de cette cuisine chaude, et sa belle femme qui ne faisait pas son âge, et toute cette atmosphère d'éternelle veille de fête ; mais il aimait plus encore fermer la porte derrière lui et se plonger dans les pièces, interminables et dont personne n'avait cure, de Tirso de Molina, qu'il avait traduites toute sa vie durant avec une obstination pénible et malsaine.

Un jour d'automne, un nouveau personnage apparut dans la cuisine du professeur : un adolescent asiatique raffiné du nom de Kaziev, le nouveau camarade de classe de Gocha. Grâce à un échange ou à l'aide de quelque combine du comité de district, sa famille s'était installée dans l'appartement qui s'était libéré au troisième étage du même escalier et qui représentait exactement la moitié de celui du professeur : la seconde moitié avait été séparée par une cloison et donnait sur l'escalier principal, alors que les nouveaux locataires avaient leur entrée uniquement par l'escalier de service.

Cette famille avait attiré la curiosité des habitants. Là, dans une ruelle du vieux Moscou sur laquelle les acteurs avaient depuis longtemps jeté leur dévolu, laissant pour la plupart leur nom fameux sur les plaques des alentours, on avait le goût de l'extravagance. Les nouveaux venus étaient des gens du cirque. Le chef de famille, le célèbre illusionniste Kaziev, était un rustre oriental, un individu qui avait une existence nominale dans la mesure où, ayant installé sa famille dans le nouvel appartement, il avait emménagé chez sa concubine, une fille du corps de ballet. *Maman*, comme Kaziev appelait sa mère, était l'assistante de son illusoire illusionniste de mari et, quand elle enlevait ses habits dorés et le rouge qui entourait largement ses lèvres fines, elle se transformait en une petite blonde nerveuse et grincheuse aux yeux hargneux et malheureux.

Mais le garçon était merveilleux. La noirceur rustre du père s'adoucissait chez lui en une carnation persane, brune et profonde ; sa peau mate et hâlée était si tendue sur le front et les pommettes qu'elle paraissait presque trop serrée. Il avait déjà une taille d'adulte, mais son ossature ne s'était pas encore épaissie, et ses longues mains étaient véritablement d'essence royale, de sorte que tous ceux qui les remarquaient avaient aussitôt envie d'enfoncer les leurs dans leurs poches...

À l'école sa venue avait brisé toute la hiérarchie établie. Les filles avait cessé de faire des yeux doux dans toutes les directions pour tomber, toutes sans exception, amoureuses du nouveau, et les garçons s'étaient décarcassés pour le remettre à sa place. Il avait cependant vaincu, sans se battre. Il se trouve qu'il était du cirque, comme ses parents. Cela voulait dire que, à la différence des écoliers normaux, il avait une profession, depuis plusieurs années déjà : il partait de temps en temps en tournée, savait beaucoup de choses du mystérieux métier du spectacle, et suivait les cours de temps à autre. Il n'était pas entré à l'école du cirque en raison de sa décision fantaisiste d'étudier coûte que coûte au GITIS[1], en passant un concours spécial pour les régisseurs de cirque qui n'avait lieu, en tout et pour tout, qu'une fois tous les trois ans...

De la sorte, il s'était immédiatement trouvé hors compétition, et si l'on ajoute à cela son indifférence sincère vis-à-vis du rôle de héros de la classe, il était naturel qu'il obtînt sans combattre cette primauté qui ne présentait rien d'attirant pour lui.

1. Institut d'État d'art théâtral.

Le seul avantage dont il profitait était celui de pouvoir se choisir ses amis. Il avait choisi Gocha et s'était quasiment installé dans sa cuisine.

Ils restaient également de longues heures dans la chambrette de Gocha qui avait jadis été prévue pour être une chambre de bonne. Ils lisaient et discutaient. Kaziev lisait ; Gocha parlait.

Élevé au milieu des piles de livres d'une famille d'humanistes héréditaires, sous l'action des hasards de la configuration des astres ou des livres sur les rayons des bibliothèques, Gocha s'était construit une vision du monde bizarre. Il se qualifiait de socialiste chrétien, étudiait Marx et saint Augustin, et cette combinaison fantasque avait fait naître en lui un orgueil de snob.

Il se sentait initié à l'ordre qu'il s'était créé lui-même et était imprégné des pieds à la tête de l'importance de cette auto-initiation.

Plusieurs camarades de classe de Gocha étaient passés dans sa charmante maison, mais il n'avait recruté ni partisans ni disciples.

En tant que nouveau venu, Kaziev avait, lui aussi, écouté d'un air pénétré mais attentif un cours embrouillé et inspiré sur le socialisme scientifique. Quand Gocha avait terminé, Kaziev avait dit :

« C'est divertissant... Quoique, à vrai dire, ce ne soit pas l'intellectuel, mais le corporel qui m'intéresse. L'intellectuel, ça vaut ce que ça vaut, et tout ce social, ce politique, pour moi ce sont des vieilleries, tu comprends ? »

Puis il retira ses bottines, se dressa dans l'étroit passage entre le canapé et la vieille armoire et fit un double saut périlleux.

La réplique de Kaziev comme cette cabriole imprévue n'avaient laissé aucune place aux exploits intellectuels de Gocha. Tout s'en était aussitôt allé en fumée.

« Tu comprends, depuis mon enfance je travaille sur mon corps, lui expliqua Kaziev. J'avais, par exemple, un mauvais étirement. J'ai travaillé, et j'ai réussi à faire le grand écart. Je peux tout faire avec mon corps », il se caressa la poitrine. « Toi, avec tes théories, qu'est-ce que tu veux ? Tirer sur le tsar ? Organiser une révolution ? Non, c'est sans intérêt... Maintenant je suis demandé pour quatre numéros : équilibrisme, voltige et deux groupes de gymnastes aériens. C'est aussi sans intérêt. J'ai essayé le yoga. Ce n'est pas ça non plus. Mon corps a besoin d'autre chose. J'ai aussi regardé des trucs chinois. Il y a des choses à prendre... » Et il poursuivit avec une inspiration soudaine et imprévue : « Il me semble que, si l'on appréhende correctement la question, on doit pouvoir voler... Ce doit être aussi simple que, mettons... que de coucher avec une femme. » Et il ajouta mélancoliquement : « Il faudrait seulement savoir comment... »

Gocha eut le souffle coupé. Fourier comme le bienheureux saint Augustin avaient pâli. C'était trop inattendu. Et de plus, le rappel des femmes, en passant, avait secrètement blessé Gocha qui traînait depuis longtemps un riche système théorique en la matière, combiné à une totale absence de la plus misérable des expériences pratiques. Il avait soudain finement ressenti que ses investigations scientifiques souffraient, elles aussi, d'un manque de vie, étrangement lié aux femmes, à leur simple et forte possession...

À ce moment-là pourtant, leur amitié n'avait fait que se renforcer. Kaziev avait un respect inexplicable pour la puissance intellectuelle de Gocha, comme vis-à-vis d'une chose précieuse mais complètement inutile. Il était également attiré par l'appartement du professeur, par cette subtile similitude avec l'envers du cirque : dans la pagaille de cette maison, on discutait constamment des coulisses de la vie en général. Les gens qui venaient ici ne se contentaient pas de regarder des émissions de télévision, ils les faisaient, et ils parlaient de tous les événements comme s'ils connaissaient leur sens véritable et caché, comme s'ils comprenaient les mécanismes secrets du mouvement... On avait l'impression que là, de façon absconse, tout se décidait, comme au cirque, par des signes infimes, des serrements de mains inattendus, un pot-de-vin discret et un caprice de favorite... Cela confortait le jeune Kaziev dans l'idée que sa connaissance approfondie d'une sphère limitée de la vie s'étendait indéfiniment.

Il était rapidement devenu un familier de cette maison : il apportait du pain précisément quand il n'y en avait plus, et du lait juste au moment où Liéna avait la gorge en feu et disait d'un air outragé en claquant la porte du réfrigérateur : « Et voilà ! Évidemment, il n'y a plus de lait. » Et il entrait dans la cuisine par l'escalier de service en portant deux cartons blanc et bleu.

La maison aussi s'était habituée à lui : il avait toujours sa place à la cuisine, sur le large banc en bois sous la fenêtre factice. Il y avait eu jadis une véritable fenêtre. Mais il y a longtemps, du vivant du grand-père de Mikhaïl Mikhaïlovitch, le fondateur de la dynastie professorale et le premier maître des lieux, on avait bâti contre la maison une dépendance d'un étage et on avait bouché la fenêtre avec des briques. Depuis, la grande cuisine n'était éclairée que par la lumière poussiéreuse d'une fenêtre percée en haut du mur qui donnait dans l'escalier, ainsi que par l'électricité que l'on n'éteignait jamais.

À la lumière électrique, le visage de Kaziev — on lui avait assez rapidement donné le surnom de Kazia à la maison, où on ne connaissait même pas son prénom — semblait plus jaune, ses yeux plus sombres, et le châssis de l'ancienne fenêtre, que l'on n'avait pas retirée du fait de l'indifférence des propriétaires pour tout ce qui était domestique, semblait un cadre idéal pour sa silhouette d'une immobilité bouddhique.

« C'est tout simplement frappant, s'étonnait Olga Alexandrovna en relevant à peine ses sourcils fins, un gymnaste, un acrobate qui reste si immobile et, quand il est assis, donne l'impression d'être une statue de pierre. »

Il en était effectivement ainsi. Son immobilité était libre et totale.

Un matin, en partant au lycée, Gocha dit à sa mère :

« Kazia est malade. Il est seul aujourd'hui, sa mère est en tournée. Peux-tu passer le voir un peu plus tard ? Pour l'instant il dort encore, bien sûr... »

Lialia acquiesça. Sa journée était libre. Elle avait un emploi du temps commode, car elle se le constituait elle-même avec trois jours de liberté. Elle dit au revoir à Gocha, puis alla prendre un bain brûlant, s'enduisit le visage d'une crème épaisse qui sentait le citron, mit vaguement en ordre la cuisine, téléphona à deux ou trois amies et refit du thé. Elle prépara deux grosses tartines de fromage, posa sur un plateau métallique rouillé par endroits une tasse de thé sucré et une assiette avec les sandwiches et, après avoir enfilé par-dessus sa vieille robe de chambre en soie un manteau de renard élimé, carrément pieds nus dans ses chaussons, elle sortit afin d'apporter cette nourriture toute simple à Kaziev qui était malade. Fronçant du nez à cause des odeurs d'égout de cet escalier de service délaissé d'une ancienne maison bourgeoise, elle gravit les marches ébréchées depuis son bel étage jadis respectable, jusqu'au dernier, le troisième, et, sans sonner, elle poussa la porte des Kaziev. Comme elle le supposait, la porte n'était pas fermée à clé.

« Kazia ! » appela-t-elle depuis l'entrée en examinant l'appartement pour essayer de saisir la façon dont on avait placé les cloisons : la cuisine des Kaziev était petite car, lors du réaménagement, la salle de bains était revenue aux voisins et il avait fallu monter un mur dans la cuisine avec des blocs de bois, supposa Lialia. En revanche, ici, il y avait une fenêtre et Olga Alexandrovna soupira en regrettant que la sienne soit bouchée.

Elle entrouvrit la porte de la pièce qui donnait dans la cuisine et où, croyait-elle, devait se trouver Kaziev. En effet, il dormait sur un lit étroit, la tête légèrement renversée sur un oreiller mince.

Olga Alexandrovna, tenant le plateau, vêtue de son manteau de fourrure qui glissait d'une épaule, s'approcha de lui et s'aperçut qu'il ne dormait pas. Ses yeux étaient mi-clos, son visage luisait de sueur.

Elle posa le plateau sur le bord de la table et, lui ayant posé la main sur le front, elle se pencha au-dessus de lui :

« Oh ! Tu as de la température... Mais tu es vraiment malade, Kazia ! »

Il était couché sous un mince drap jaune vif remonté jusqu'au cou, et tout le dessin de son corps le faisait ressembler à la momie d'un pharaon, et cette similitude était particulièrement accrue par ses pieds dont la pointe n'était pas légèrement tendue vers l'avant, ce qui est normal pour un homme couché, mais carrément dressée vers le haut.

« Kazia, Kazia ! » dit Lialia en l'appelant. D'un geste lent et involontaire, elle fit glisser le drap par terre, découvrant une cage thoracique musclée à l'égyptienne et un ventre étroit, dont toute la moitié, recouvrant le nombril, était occupée par un membre brun vers lequel elle tendit une main inconsciente, alors qu'il se glissait vers elle.

Les yeux de Kazia brillaient sous ses paupières baissées.

« Prends ! » dit-il d'une voix éraillée et impérieuse.

La pauvre Lialia sentit tout l'intérieur de son corps, depuis l'estomac jusqu'en bas, saisi d'un spasme si violent qu'elle rejeta machinalement son manteau, ses chaussons, plus certaines choses inutiles, et un instant plus tard elle se cabrait, les bras levés vers le ciel, dans une jouissance d'une violence telle qu'elle n'en avait jamais connue de pareille de toute sa vie, elle qui recherchait inlassablement des proies lestes...

À la fin de cette brève journée, le soir tombé, Gocha revint de l'école, puis Liénotchka. Lialia leur fit un repas avec ce qu'elle trouva. Vers neuf heures, Mikhaïl Mikhaïlovitch rentra, fatigué et distrait, comme d'habitude... Elle servit de nouveau le dîner et fit la vaisselle.

Le soir, Gocha alla trouver Kaziev en haut, y resta peu de temps et, de retour, il posa sur la table le plateau avec le thé et les sandwiches desséchés qui n'avaient pas été touchés, et dit à sa mère :

« Tout de même, notre Kazia est vraiment un original. Il dit que, lorsqu'il est malade, il ne mange pas, ne boit pas, qu'il reste couché trois jours sans allumer la lumière et le quatrième il se lève en forme. Tu as déjà entendu une chose pareille ? »

Lialia haussa les épaules. Durant toutes ces heures passées depuis qu'elle était revenue de chez Kaziev, elle ressentait un tel brasier, une telle soif qu'elle avait l'impression que chaque cellule de son corps rôtissait à cause d'un souffle brûlant qu'elle ne pourrait étancher que par un seul liquide.

Les enfants étaient partis chacun dans sa chambre ; seule Lialia restait dans la cuisine quasiment inconsciente d'impatience. Elle attendait que tout le monde fût couché. Mais on était des couche-tard à la maison : Mikhaïl Mikhaïlovitch tapait à la machine, Liéna essayait de joindre une amie par l'interurbain, mais il y avait toujours le même disque dans le téléphone, Gocha lisait dans son bureau-débarras. Fatiguée d'attendre, Olga Alexandrovna s'habilla et alla voir son mari :

« Micha, j'ai complètement oublié de passer chez Praskovia aujourd'hui. Elle m'attend.

— Pourquoi y aller si tard, ma petite Lialia ? Tu veux peut-être que je t'accompagne ? » lui rétorqua sans conviction son mari. Mais il n'avait pas envie de sortir, et il la laissa partir à contrecœur : « Tu es insatiable, ma petite Lialia... »

Praskovia Pétrovna, la nounou de Lialia et de ses enfants, sénile depuis longtemps, habitait dans un appartement communautaire non loin de là, et Lialia lui rendait fréquemment visite. Mais pas aussi souvent, malgré tout, qu'elle voulait bien le dire à la maison. Dévouée à son ancienne protégée avec toute la passion d'une vieille servante, Praskovia était une couverture fidèle pour ses aventures.

Elle sortit par l'escalier principal, contourna la maison pour aller à l'arrière et monta au troisième étage. La porte des Kaziev était ouverte, comme auparavant. Elle la poussa et entra.

Le garçon était allongé dans la même pose que le matin, mais il faisait sombre et dans l'obscurité on ne voyait pas que le drap tiré était jaune. Ses yeux étaient toujours mi-clos. Et pour le reste, il se passa la même chose que le matin. Il ne prononça pas un seul mot, une fois seulement il tendit les mains vers elle et effleura le bout sombre de ses gros seins qui pendaient généreusement au-dessus de sa taille fine...

« Tu es folle, complètement folle ! » se répéta Lialia toute la nuit en se retournant à côté de son mari, soit en repoussant la couverture, soit en se la mettant jusqu'au cou et en s'étirant pour essayer, on ne sait pourquoi, de dresser la pointe de ses pieds vers le haut, comme Kaziev.

Passé cinq heures du matin, alors que toute la maisonnée dormait encore, elle gravit de nouveau l'escalier nauséabond, et ce fut encore la même chose... Trois jours plus tard, Kaziev avait véritablement retrouvé la santé. La vie s'était réglée d'une façon complètement folle : tôt le matin, à l'heure du sommeil le plus profond, elle se glissait hors de son lit et montait chez lui. Et très tard le soir, quand les amis partaient et que la maison s'assoupissait, elle recommençait. Et si quelque chose l'empêchait de s'échapper à ce moment-là, elle ne dormait pas de la nuit en attendant la rencontre du petit matin. Il était muet et sans faille, et Lialia avait l'impression qu'aucun mot n'était nécessaire, tant leur relation était exhaustive et ardente.

La mère de Kaziev était toujours en tournée et Lialia repoussait l'idée qu'un jour tout devrait cesser. C'était un nuage si sombre, si inéluctablement funeste et portant la fin de tout, que Lialia, chérissant chaque instant et chaque attouchement comme s'il était le dernier, était entièrement concentrée sur une seule chose : atteindre une fois encore la rive où le puissant garçon la libérerait de son « moi », devenu vieux et ennuyeux, qu'elle avait pris en dégoût... encore une fois, à l'aide de ce moyen mécanique, en fait, d'atteindre la lumière incandescente qui la libérait de la mémoire de son âme et de son corps.

Alors qu'elle trouvait toujours beaucoup d'attrait à faire à deux ou trois de ses proches amies des confidences sur ses aventures, cette fois elle n'en dit mot à quiconque. C'était terrifiant.

Elle allait à son travail, disait des banalités sur Flaubert ou Maupassant, faisait les courses dans la cave d'un magasin dont elle connaissait la directrice, préparait les repas, souriait aux amis et ne cessait d'attendre le moment où elle pourrait se glisser dans l'escalier de service en maudissant les ténèbres qui tardaient à venir : « C'est la dernière fois ! la dernière fois ! »

Elle avait raccompagné les visiteurs venus dîner, s'était débarrassée de ses vêtements ajustés et distingués, enfilé sa vieille robe de chambre de soie gris toile d'araignée, un véritable kimono japonais avec une doublure citron... Elle ralentit le pas dans l'escalier par un effort conscient. Ne pas courir là-haut, arrêter ne serait-ce qu'un instant cette course fébrile à l'intérieur d'elle-même, le bouillonnement du sang dans les vaisseaux : c'était tout ce qu'elle pouvait faire pour que les frontières sûres de la raison, dans le cadre desquelles se maintenait de façon solide et ferme sa vie, ne se brisent pas définitivement. Et, en gravissant l'escalier, elle eut l'impression de se trouver au milieu d'un ensemble frémissant à trois voix : la principale, la partie conductrice de la flûte, chantait sur quatre temps « La-der-nière-fois ! La-der-nière-fois ! » ; la deuxième, complémentaire, était le battement de tambour à trois niveaux du cœur, systole-diastole-pause... et la troisième, obsessionnelle et enfantine, était le décompte involontaire des marches dont le nombre était en tout de soixante-six, en six volées...

Elle avançait en avalant sa salive, en s'arrêtant parfois afin de calmer sa respiration, et elle s'imaginait subir un châtiment pour toute la légèreté de ses amours insouciantes, pour son orgueilleuse condescendance vis-à-vis de la souffrance amoureuse — cette souffrance-là précisément —, vis-à-vis de cette insatiabilité féminine et avide de ses sentiments...

Comme d'habitude, la porte n'était pas fermée à clé et la musique grondait. La musique forte, grossière et primitive de cette génération. Jamais Lialia n'avait entendu cette musique chez Kaziev auparavant. Elle se mit aux aguets — mais tout, hormis cette musique, était comme d'habitude : la cuisine sombre, le bruit du robinet qui fuyait et le joli rai de lumière sortant de la chambrette. Lialia ouvrit la porte et vit quelque chose qu'elle ne comprit pas tout de suite... En tout cas, elle eut encore le temps de faire quelques pas avant que ne fonctionnent toutes les impulsions nerveuses adéquates, qu'elles ne circulent le long des synapses, qu'elles ne filent jusqu'aux yeux pour aller au cerveau, au cœur, qu'elles ne frappent d'une douleur cuisante le bas secret de son corps... Juste devant elle, en des mouvements lents et étirés, se levait et se baissait le dos blanc de sa fille Liéna, tandis que la tresse pitoyable de ses cheveux humides se balançait contre ses omoplates couvertes de taches de rousseur. Elle ne voyait pas le visage de Kaziev, comme il ne pouvait voir celle qui venait d'arriver, mais elle savait parfaitement bien quel magnifique visage hâlé, impénétrable, aux yeux mi-clos, se trouvait sur l'oreiller plat...

Lialia recula vers la porte et sortit de la pièce, puis de l'appartement.

Les enfants la découvrirent le matin dans la cuisine, dans le vieux fauteuil de rotin. Elle était assise, son regard bleu et indifférent fixé sur la fenêtre bouchée avec des briques. On l'appelait, mais elle ne répondait pas.

Liéna téléphona aux soins d'urgence. Les médecins expérimentés en matière d'infarctus et d'attaques étaient perplexes. Ce n'était pas une patiente pour eux, et ils proposèrent d'appeler les urgences spéciales, psychiatriques. Ils arrivèrent, eux aussi. Olga Alexandrovna restait tranquillement dans son fauteuil, sans répondre aux questions. Les médecins palpèrent ses mains chaudes et molles, firent passer devant son visage un stupide instrument métallique. Elle tendait docilement les mains, puis, en un geste hésitant mais parfaitement défini, elle les reposait sur les accoudoirs.

Les médecins échangeaient des bribes de mots latins incompréhensibles, ils étaient perplexes. On proposa à Liéna d'hospitaliser immédiatement sa mère. Elle refusa. Les médecins lui demandèrent une décharge. Liéna et Gocha essayèrent d'aller mettre leur mère au lit, mais elle se contentait de hocher la tête et ne cessait de regarder la fenêtre bouchée.

Liéna fit venir son père. Celui-ci prit l'avion de Kiev, où il faisait une conférence. Olga Alexandrovna permit à son mari de l'emmener dans sa chambre, et pour la première fois depuis deux jours elle se mit au lit. On fit venir les meilleurs psychiatres. Tous étaient indécis, disaient différentes choses, mais se rejoignaient sur un point : c'était une forme aiguë d'autisme.

On proposa des cliniques, différentes médications, on évoqua même une thérapie de choc. Quand Mikhaïl Mikhaïlovitch, homme mesuré et prudent, en entendit parler, il refusa toute aide médicale, quelle qu'elle soit, et dit à sa fille :

« Ma petite Liéna, on va se débrouiller nous-mêmes... »

Les jours se succédaient ainsi. La pauvre Olga Alexandrovna se trouvait dans une hébétude extrême et douloureuse. Elle avait parfaitement conscience d'elle-même, mais tout semblait s'être brisé en mille morceaux et s'embrouiller. Elle avait parfois l'impression que, si elle faisait un petit effort, le monde s'organiserait de nouveau en une belle image, comme dans un livre d'enfant. Mais cet effort était impossible.

La couche de briques de la fenêtre murée exerçait sur elle une fascination énorme. Elle semblait savoir que dans les fentes des briques, dans leur succession simple et régulière, dans leur agencement, il y avait un ordre salvateur qui, si on le suivait, pouvait reconstituer toute l'image brisée de sa vie. Mais peut-être était-ce le ciment, scellant pour l'éternité chacune des briques, qui était si attirant pour le regard d'Olga Alexandrovna. Le ciment qui maintenait les éléments séparés en un tout...

Olga Alexandrovna était également inquiète parce qu'elle avait oublié quelque chose d'extrêmement important, et elle ne cessait de contempler la fenêtre murée parce qu'elle en attendait une aide. On la couchait le soir dans son lit, mais elle regagnait obstinément la cuisine pour s'asseoir dans le fauteuil avachi dont le vieux treillage craquait.

La maison avait été désertée, comme le rivage après la marée. Seul le nombre exorbitant de tasses et de verres rappelait la masse de gens qui se bousculaient encore ici quelques semaines plus tôt.

Une fois, alors qu'au milieu de la nuit Olga Alexandrovna était assise dans son fauteuil grinçant, elle vit une brique blanchir et se dissoudre, et, sur un fond de lumière gris-marron qui ne venait pas du soleil, elle aperçut le visage renversé de Kaziev. Ses yeux brillaient derrière ses fines paupières, à peine bridées dans les angles, et Olga Alexandrovna voyait ce visage d'en haut. Puis celui-ci se mit à s'éloigner avec souplesse et elle comprit que le garçon volait, allongé sur son dos raide comme un morceau de bois, les bras étirés le long du corps, à peine détachés, et ses mains exagérément grandes se balançant légèrement. Et il s'éloignait dans une direction telle qu'Olga Alexandrovna ne vit bientôt que la plante de ses pieds nus et ses cheveux sombres flottant au vent, qui tombaient en deux demi-ailes inégales...

La fenêtre autrefois bouchée avec des briques s'était transformée en un écran lumineux dont l'intensité augmentait sans cesse ; la lumière devenait moins brune et plus vivante, elle se chargeait d'or chaud, et Olga Alexandrovna se sentit à l'intérieur de cette lumière, bien qu'elle éprouvât encore un certain temps le contact glissant des accoudoirs usés.

Ses pieds nus étaient enfoncés jusqu'aux chevilles dans le sable chaud. Elle regarda autour d'elle : c'était un désert aride, pas mort mais parsemé de nombreuses plantes desséchées au soleil au point de devenir quasiment transparentes. C'étaient des touffes odorantes d'éphédras articulés, des saxaouls petits comme des enfants, aux feuilles-écailles à peine marquées, blottis contre des troncs rêches ; des capitules embrouillés de chardons roulants et velus, et puis d'autres encore, paniculés ou pennés, à moitié aériens et dansant... Un son subtil et à peine audible, musique modulée et assez obsédante, emplissait l'air, et elle devina que c'étaient des grains de sable qui volaient, solitaires, et frappaient les tiges d'herbes desséchées en émettant cette musique infime. Les dunes de sable clair, mouvantes, animées et lentes, qui bougeaient malgré tout à vue d'œil, rendaient l'horizon inégal et mamelonné. À l'ouest se trouvait une côte de melon — le soleil or sombre aux reflets pourpres dont la partie inférieure était comme rongée par les immenses mâchoires des dunes. Le soleil diminuait, se noyait, absorbé dans la houle mamelonnée, et quand il n'en resta plus que le bouquet étoilé des derniers rayons obliques, elle vit à côté de chaque herbe, à côté de chaque tige sans vie s'enflammer une enveloppe colorée, fine et vivante, un arc-en-ciel très tendre qui jouait, chatoyait, retentissait d'un son plus délicat encore, comme les grains de sable qui avaient frappé les tiges et maintenant heurtaient les lueurs de l'arc-en-ciel... Et à cet instant, Lialia sentit une présence...

« Mon Dieu ! » chuchota-t-elle, et elle baissa le visage vers un buisson rond d'éphédra encore enlacé par l'arc-en-ciel qui achevait de se consumer.

Liénotchka, endormie et bouffie, qui était entrée le matin dans la cuisine, y trouva tout propre et en ordre. Même la cuisinière qui n'avait pas été nettoyée depuis longtemps reluisait, et deux bouilloires ronflaient de concert sur les feux de derrière. Sa mère lui tournait le dos et son coude droit suivait un morceau de fromage qu'elle grattait sur une grande râpe métallique.

Olga Alexandrovna se retourna vers sa fille, eut un sourire coupable et dit, comme si de rien n'était, en tranchant d'un coup les longues heures de discussions des médecins sur la nature de son mutisme, neurologique ou psychologique :
« Des croûtons au fromage, ça ira ? »

Presque tout était comme autrefois : la mère préparait le petit déjeuner, la bouilloire était sur le gaz. Liéna s'assit dans le fauteuil en rotin et éclata en sanglots. Et, quand elle eut fini de pleurer, elle s'aperçut que le visage de sa mère était aussi couvert de larmes. Ce n'étaient pas des larmes habituelles : jamais elles ne s'arrêtèrent chez Olga Alexandrovna, jamais...

Beaucoup d'années se sont écoulées depuis, et les larmes continuent de jaillir des yeux de la vieille femme craintive et desséchée qu'est devenue maintenant la joyeuse, la rieuse, la voluptueuse Lialia. Elle a une pension d'invalidité. Les médecins ont inscrit les mots latins qui l'ont libérée de l'obligation d'enseigner la littérature française qu'elle avait tant aimée.

Son mari, Mikhaïl Mikhaïlovitch, n'a pas changé à son égard. Il l'emmène se promener sur le boulevard de Tver, lui raconte en route les histoires de l'université. Il est le seul, à vrai dire, à ne pas remarquer une certaine faiblesse d'esprit chez elle. Mikhaïl Mikhaïlovitch a été élu à l'académie, il y a quelque temps, pas la grande, me semble-t-il, mais celle des sciences pédagogiques.

Liéna a soutenu sa thèse, elle ne s'est pas mariée et on ignore si elle a des amants.

Gocha a fait une belle carrière, bien qu'il se soit amendé : il ne professe plus ni le christianisme ni les idées socialistes utopiques. C'est un économiste solide, spécialiste de la diffusion intersectorielle du capital dans les conditions... Ici, l'auteur manque de mots. Bref, c'est un spécialiste.

Le jeune Kaziev, à la différence de Gocha, n'a pas fait carrière. Quelque chose s'est brisé dans sa vie. Il n'est pas allé suivre les cours de régisseur ; il s'est retrouvé à l'armée, est resté un an et demi dans la cruelle guerre d'Afghanistan et en est revenu profondément changé. Il est devenu apprenti boucher dans une petite boutique de la rue Troubnaïa, a rapidement appris la science guère complexe de la boucherie, il a obtenu du galon et travaille aujourd'hui encore dans une cave qui empeste le sang desséché. Il est aussi beau qu'autrefois, mais il s'est beaucoup empâté ; il a mûri et aime grossièrement l'argent, à la façon des Orientaux. Gocha et lui ne se voient pas, bien qu'ils habitent le même immeuble.

Et Olga Alexandrovna se charge des petits soucis domestiques dont elle est capable, se déplace dans la cuisine d'une démarche chancelante en se couvrant de larmes vacillantes et lumineuses, éprouvant sans cesse pour tout ce qui lui tombe sous les yeux, vivant ou inerte, une compassion douloureuse : une vieille casserole cabossée, un cactus blanchâtre, la seule plante qui s'accommode de l'obscurité de leur cuisine, Liéna qui a énormément grossi et est éternellement énervée, le cafard roux qui erre dans le labyrinthe de la vaisselle sale ou l'air saumâtre et délétère de l'escalier de service qui pénètre dans l'appartement. Dans ses pensées, elle caresse de sa main, cajole chaque chose, et se répète par-devers soi : pauvre fillette... pauvre petite casserole... pauvre escalier... Elle est un peu embarrassée par son état, mais rien ne peut y faire.

Sa maladie d'esprit est si rare et extraordinaire que les meilleurs professeurs n'ont absolument pas pu en faire le diagnostic.

Une vie longue, si longue...

Il y avait environ trois ans que Natalia Andréïévna avait perdu ses vieux parents qui l'avaient quittée l'un après l'autre avec une incroyable légèreté, sans maladies particulières, sans souffrances, comme par la fatigue et le ralentissement naturel des années de vieillesse.

Natalia Andréïévna n'était pas non plus de première jeunesse : elle approchait la cinquantaine. Elle n'avait pas vraiment connu de bonheur familial, malgré un mariage jadis, alors qu'elle était déjà une très vieille fille, et malgré un mari prénommé Serguéï. Pas longtemps, mais quelques années tout de même. Et puis, sans qu'on le remarque tout de suite, Serguéï était parti peu à peu...

Cet événement n'avait pas accablé Natalia Andréïévna. Le mariage n'avait guère changé sa vie. Quand elle vivait avec ses parents, elle demandait le matin : « Tu as bien dormi, mon petit papa ? Tu as bien dormi, ma petite maman ? »

et puis les choses avaient continué comme avant. Cet attachement excessif de Natalia pour ses parents avait d'abord étonné, puis agacé Serguéï. Et c'est ainsi qu'en l'absence d'enfants et dans un tranquille agacement leur mariage avait été réduit à néant, il avait expiré. Serguéï disparut, et il réapparut soudain six ans plus tard pour demander le divorce. Des opportunités nouvelles s'étaient présentées à lui. Et Natalia n'avait pas fait de difficultés pour donner son accord et signer un papier indispensable.

Quand, pour cette formalité, Serguéï vint dans la maison où il avait vécu autrefois, il fut surpris par la totale immuabilité de leur vie, et tous exercèrent soudain sur lui une grande séduction — aussi bien les vieillards avec leur front à moitié dégarni, que Natalia —, à cause de cette sereine immuabilité précisément. Même cette façon qu'on avait dans la maison de se plaisanter l'un l'autre sans méchanceté, ce qui l'agaçait tant jadis et lui semblait factice, l'attendrit cette fois.

« Ah, Serguéï Afanassiévitch, comme vous avez épaissi ! dit Klavdia Ignatiévna en souriant. Vous savez que ça vous va bien ? Andrioucha s'empâte, lui, et ça ne lui va pas du tout.

— Tu vois comme tu es, Klavdioucha, pour toi rien ne va. Avant, j'étais toujours beaucoup trop maigre, maintenant je suis gros ! dit Andréï

Ivanytch en hochant la tête et en écartant ses mains dodues.

— Depuis quand tu es maigre, hein ? dit en riant Klavdia Ignatiévna. Jamais de la vie !

— Si, si, il a été maigre, moi je m'en souviens, maman ! » dit Natalia en prenant la défense de son père, et l'âme de Serguéï frémit parce que, sans le vouloir, il compara la lenteur cordiale de l'univers de cette maison avec celui de sa nouvelle famille, tendue et nerveuse.

Celle qui avait véritablement pris de l'embonpoint, c'était Natalia Andréïévna. Mais cela lui allait bien. Serguéï fut même ému par son chandail marron, le même que six ans auparavant. En fait, il se trompait car le chandail n'était pas tout à fait identique : Natalia l'avait récemment retricoté en y mélangeant une nouvelle laine. D'ailleurs, si Serguéï l'avait su, cela lui aurait aussitôt paru charmant.

Il prit le papier que son ancienne épouse avait signé, but son thé accompagné de confiture de fraises et de petits gâteaux maison, il fit ses adieux et partit, éprouvant en son for intérieur un léger regret qui se dissipa d'ailleurs avant qu'il n'arrive à la station de trolleybus. Et il ne se souvint presque plus jamais de cette famille et de Natalia elle-même, sauf à certains carrefours compliqués de ses pensées qui s'entrechoquaient dans sa mémoire...

Quant à Natalia, elle ne se lamentait pas du tout de sa vie de célibataire, du moment que ses parents étaient là. Ah ! du moment qu'ils étaient là, ils remplaçaient pour elle toutes les sortes d'amour, depuis l'amour maternel frémissant jusqu'aux amours vénales. Le tendre duvet sur la calvitie de son père la faisait fondre et elle coupait les gros ongles frustes des pieds de sa mère en admirant ses chevilles toujours aussi fines. Les rides, les veinules roses et bleues de leurs joues pendantes, l'odeur fanée de la vieillesse, tout cela gonflait son cœur de bonté.

Restée seule, la pauvre Natalia fut privée de cette vie pleine, enrichie par un subtil avant-goût de la peur de ce qu'a d'éphémère la vieillesse, de cette existence qui l'avait fait vivre durant toutes ses années de maturité. Elle n'avait pas appris à aimer les autres, en quelque sorte ; elle n'avait pas d'amies proches ou d'amies de cœur, et les femmes de son âge, qui portaient le fardeau de leurs nombreux soucis, ne pouvaient comprendre sa passion enfantine et naïve pour ses parents. Elles étaient même légèrement vexées quand Natalia tentait de leur faire partager ses soucis sur les vertiges de ses vieillards, leurs ulcères et les gonflements dus à la goutte. Ses angoisses semblaient à toutes imaginaires, inconsistantes, par comparaison aux malheurs réels des maladies chroniques, de la varicelle ou de l'apprentissage de l'écriture...

Non, Natalia Andréïévna n'avait réussi à se lier d'amitié avec personne, ni du vivant de ses parents ni après leur mort.

Ses collègues entretenaient d'ailleurs de bonnes relations avec elle : elle était calme, ne se déchargeait jamais de son travail sur les autres, faisait du thé à l'heure du déjeuner pour tous ceux qui n'allaient pas à la cantine et jamais elle ne refusait de prêter un billet de cinq roubles.

Natalia Andréïévna n'avait pas un travail difficile : comme on disait au service, elle dirigeait un groupe de transmission, autrement dit, elle s'occupait des courroies de transmission selon les secteurs. Les courroies, c'était bien entendu le matériel déficitaire : des responsables de l'équipement venaient de tout le pays pour recevoir, happer, se ravitailler. Et Natalia Andréïévna faisait une répartition équitable. Ceux qui venaient en mission auprès d'elle recherchaient ses bonnes grâces, ainsi que celles de tous les employés du ministère de l'Équipement. Il y avait trop de nœuds et de mécanismes de toutes sortes sans lesquels la production risquait de s'arrêter. Les visiteurs allaient de bureau en bureau avec des sourires, des demandes et de petits pots-de-vin, comme des friandises ou des souvenirs de leur région lointaine. Natalia plaignait ces gens en mission et faisait toujours tout ce qu'elle pouvait pour les aider : en vingt ans de service elle avait noué de nombreuses amitiés à travers toute la fédération de Russie. Les visiteurs se comportaient avec elle sans doute mieux encore que ses collègues. Elle était si tranquillement accueillante que son allure seule calmait et faisait disparaître la tension de ses chargés de mission à bout de souffle.

Natalia Andréïévna jouait également un rôle dans le comité du personnel. Son travail se résumait à réunir l'argent destiné au cadeau d'anniversaire des employés et à distribuer les billets pour le sapin du Kremlin avant le Nouvel An. D'autres s'occupaient des questions plus importantes. Et c'est là, justement, que commence cette histoire.

Un matin, Natalia Andréïévna fut convoquée au bureau unifié du syndicat où on l'informa du décès de Maslennikov, Vladimir Stépanovitch. Il avait jadis travaillé dans leur comité et était parti à la retraite il y a longtemps ; depuis, on n'en avait plus du tout entendu parler.

« C'est un très ancien travailleur, lui expliqua-t-on. Nous devons participer. Le bureau syndical alloue vingt roubles et nous vous demandons de faire une collecte dans le service. Il faut que l'un de nous se rende à l'enterrement. Vous, peut-être ? »

Natalia Andréïévna était quasiment la dernière du service à se souvenir de Vladimir Stépanovitch. C'était un vieillard ombrageux, aux allures de ci-devant, avec un éternel rhume et des mouchoirs blancs amidonnés et rigides.

Les employés donnèrent à contrecœur leurs cinquante kopecks. Il n'y avait pas suffisamment d'argent pour une couronne. Mais on téléphona du syndicat et une voix réjouie annonça qu'on allouait une somme sur les fonds directoriaux : on envoya un coursier pour la commander ainsi que l'inscription sur le ruban.

Le lendemain matin, libérée de son travail et munie d'une attestation de paiement, Natalia se rendit au bureau des enterrements où on lui délivra une couronne enveloppée dans du papier. Toutes les autres couronnes étaient l'une contre l'autre près du mur et seule la sienne était emballée. Avec une mauvaise blague, comme on s'en aperçut par la suite.

Après avoir pris l'énorme paquet peu maniable mais soigneusement emballé, Natalia partit à la morgue du lointain 52e hôpital. La famille du défunt était déjà réunie dans un petit bâtiment. Natalia croyait qu'il avait vécu seul, mais elle s'aperçut qu'il avait une famille importante et tout à fait distinguée, apparemment. Le personnage principal était la sœur du défunt en compagnie de laquelle il avait passé ses dernières années. La vieille femme avait un imperméable gris de saison et un étrange édifice sur la tête : un petit chapeau au-dessus duquel était tirée une écharpe tricotée, censée marquer le deuil. Son visage était couvert de poudre de riz blanche et elle semblait désemparée, comme si elle cherchait quelque chose. Les jeunes, sans doute des neveux et des nièces — ils étaient fort nombreux —, portaient de magnifiques bouquets d'asters de septembre. Ils discutaient entre eux et se saluaient joyeusement.

Surprise, Natalia se souvenait de ses chers parents, et elle regardait ces visages sans affliction, cet enterrement sans âme ; en son for intérieur, elle s'étonnait et plaignait Vladimir Stépanovitch en voyant que personne ne le pleurait.

« Moi non plus, personne ne me pleurera », songea-t-elle avec une légèreté impitoyable, tandis qu'elle ôtait le papier d'emballage de sa couronne.

Elle était banale. Exactement la même que celle où était écrit sur un ruban blanc « Dors en paix, cher oncle Volodia » que tenait un adolescent boutonneux qui avait grandi plus vite que ses manches et son pantalon.

Natalia se pencha pour arranger le ruban de soie de sa couronne et elle lut toute troublée : « Au cher Vla imir Spépanovitch Maslen ikov de la part de ses collègues »... L'oubli du « d » dans le prénom et le « n » égaré dans le nom n'étaient pas particulièrement choquants, mais « Spépanovitch » !

Pourtant il y avait trop de fautes pour être choqué : c'était plutôt ridicule. Elle essaya de les dissimuler, d'arranger le ruban de telle sorte qu'elles soient camouflées dans les plis, mais ce n'était pas simple. Alors que Natalia s'évertuait à cacher les erreurs d'un scribouillard éméché, deux hommes en blouse bleue firent entrer une table à roulettes sur laquelle était posé le cercueil. Vladimir Stépanovitch, tout jaune, y était couché. Autrefois, ce jaune-brun n'était visible que sur sa calvitie — il teintait secrètement les quelques cheveux qui lui restaient. Maintenant tout son visage avait pris cette nuance.

On déposa sur le cercueil de jolies fleurs d'automne. Natalia plaça modestement au pied de celui-ci la couronne malencontreuse. La grand-mère qui tenait le rôle principal sortit une petite serviette pour s'essuyer le nez. Natalia sentit des larmes couler sur ses joues. Elle se hâta de pleurer une fois encore ses pertes irréparables — son papa et sa maman. Tout le monde suivit le cercueil vers l'autobus. Quelques parents agiles se dérobèrent, les autres y prirent place.

La famille de Vladimir Stépanovitch était incroyablement stupide. On ne sait pourquoi, ils avaient commandé deux bus alors qu'un seul eût été amplement suffisant. On laissa repartir le second.

Natalia aurait bien voulu filer en douce, mais

elle s'aperçut à quel point il restait peu de monde avec la petite vieille éperdue : elle prit donc place dans l'autobus. On partit pour le nouveau crématorium de Mitino.

Là, tout fut fait à la va-vite et négligemment, avec des fautes et des lapsus. Tel était apparemment le sort qui était échu à ce malchanceux défunt. Au lieu de lire une prière des morts, la récitante avait confondu avec on ne sait quel texte administratif et avait proposé de dire adieu à « Nikolaï Vassiliévitch ». On n'y fit quasiment pas attention.

Une grande femme aux cheveux gris, l'une des nièces, sans doute, fronçant les yeux comme une myope, distribuait à tous des sommes absurdes. Elle s'empressa de glisser cinquante roubles au chauffeur pour qu'il emmène tout le monde à l'appartement où avait été préparé le repas funéraire.

Elle alla vers Natalia pour lui demander de ne pas s'en aller.

« Oncle Volodia avait beaucoup de respect pour vous, Natalia Andréïévna », dit-elle.

Natalia fut incroyablement surprise, dans la mesure où elle était tout à fait persuadée que ni son prénom ni son patronyme n'étaient connus du défunt Maslennikov, et encore moins de sa nièce.

Elle s'installa dans l'autobus. Il y avait déjà trois ou quatre vieilles qui se ressemblaient plus ou moins, un vieillard desséché, les neveux, tous des gens d'âge moyen, comme elle, de grande taille, le visage long, avec un signe de noblesse ennuyeuse qu'on notait également, comme s'en souvenait maintenant Natalia, chez le défunt Maslennikov.

On traversa tout Moscou en direction d'une lointaine banlieue, et Natalia qui, ces vingt dernières années, ne connaissait qu'un seul itinéraire, de la Pokrovka à la rue Orlikov, et qui rendait aussi visite à sa tante à la Solianka, fut surprise en son for intérieur par l'immensité de ce voyage. On arriva à Plotina, près de l'académie Timiriazev. C'était encore un endroit vaguement connu. Les confins de Moscou dans l'esprit de Natalia. Mais il se trouvait qu'au-delà de l'académie, alternant avec les terrains vagues et les passages à niveau, s'étendaient maintenant des mers entières de grands immeubles. Ce n'est qu'une quarantaine de minutes plus tard qu'on arriva dans un microdistrict bâti d'immeubles étranges et vaguement ronds qui lui parurent venir d'une autre planète.

Dans les deux pièces de l'appartement s'affairaient en plus deux femmes au grand nez. La longue table était composée de plusieurs tables de cuisine à rabats qu'on avait empruntées aux voisins. Sur de grands plats de porcelaine était posée une nourriture sans grâce commandée chez un traiteur : la table était encombrée de salades odorantes, de poulets trop rôtis et de gâteaux rassis. Il y avait deux fois moins de gens que de couverts et Natalia songea qu'elle avait bien fait de ne pas filer après le cimetière...

C'était surtout une nièce aux cheveux gris qui prenait les choses en main ; les sœurs du défunt, de petites vieilles séniles, étaient assises l'une à côté de l'autre comme des moineaux sur une branche, toutes tristes et marron-gris. On versa de la vodka dans les petits verres et on but sans trinquer. Une des vieilles femmes poussa un long soupir et dit soudain à voix haute :

« Vous parlez d'une famille ! Si au moins quelqu'un nous invitait à une noce ! Il n'y a que des enterrements qui succèdent aux enterrements... »

Le petit moujik d'un certain âge, au nez retroussé avec une houppe grise et des moustaches tombant sur ses joues émaciées, qui était assis à côté de Natalia, se mit à rire et lui chuchota dans l'oreille sur le ton de la confidence :

« Cette vieille grincheuse, il ne lui faut que des noces... »

Natalia le regarda, surprise : elle ne l'avait pas remarqué jusqu'à présent. Elle sourit vaguement et ne répondit rien. D'une manière générale, elle n'était pas bavarde.

Après avoir tenu difficilement une demi-heure de plus sur un tabouret inconfortable à trois pieds, Natalia se décida à partir. Elle se leva de table, remercia, salua et alla chercher son imperméable dans la cuisine. Son voisin à la huppe la suivit, lui tendit son imperméable et dit :

« Je vous accompagne.

— Merci, ce n'est pas la peine », dit Natalia surprise, elle qui n'avait pas l'habitude de telles prévenances.

« Je sors de toute façon, je dois promener la chienne », lui expliqua-t-il.

Ils sortirent de l'appartement. Il portait une chemise en flanelle à carreaux et des savates. Il poussa la porte voisine :

« Un instant, je vais m'habiller », et il disparut alors que Natalia restait seule dans la cage d'escalier, attendant stupidement.

Quelques minutes plus tard, le petit moujik sortit. Plus exactement, c'est la chienne qui bondit. Quelle chienne gentille et sympathique ! Natalia s'épanouit et la chienne lui répondit d'un sourire. Les yeux de l'animal étaient marron, chauds et amicaux. Elle était bedonnante, déjà vieille, avec un poil multicolore d'une épaisseur qui n'était plus de saison et une gueule blanche.

« Oh, comme tu es gentille ! lui dit Natalia Andréïévna.

— Biélotchka, dit le petit moujik fièrement. La compagne des jours sombres... Ma famille ! »

La chienne redressa une oreille et fit un vague signe de tête.

« Elle est intelligente, remarqua Natalia.

— Intelligente ? reprit son maître. L'intelligence incarnée ! Et quelle âme ! »

Ils entrèrent dans l'ascenseur. La chienne se tenait délicatement de côté afin de ne pas tourner le dos à Natalia.

« Vous connaissiez bien Vladimir Stépanovitch ? » demanda le petit moujik. Il avait un blouson élimé et tenait sa casquette dans la même main que la laisse.

« Non, pas spécialement. C'était un homme tranquille, silencieux, et cultivé, il était si... » Natalia chercha le mot juste, « si à part...

— Moi, j'ai vécu dix ans dans la même cage d'escalier que lui, dit-il. C'était un homme incroyable : il ne buvait pas, ne fumait pas, ne faisait pas de scandale, souffrait d'hypertonie et deux fois par jour il s'engueulait avec sa sœur. Eh oui... »

Natalia remarqua alors que le petit moujik n'était pas du tout simplet, et avec son air assez rusé il ressemblait même à un joyeux drille des foires d'antan.

Ils sortirent de l'ascenseur, s'approchèrent des lourdes portes de l'entrée et, d'un geste mondain, il les ouvrit devant elle ; aussi surprenant que ce soit, la chienne la laissa également passer.

« Nous allons faire ici un arrêt de quelques minutes, avec votre permission », demanda l'homme en libérant la chienne de sa laisse et, sans rime ni raison, il se présenta :

« Je m'appelle Ivan Léontiévitch. »

Natalia hocha la tête. La chienne s'assit sur son arrière-train en écartant ses courtes pattes de devant, comme une grand-mère de la campagne ; son maître claqua alors dans ses mains, fit semblant de s'apprêter à la poursuivre et elle tournoya joyeusement sans cesser de le regarder...

« Je ne vous accompagne pas à la station la plus proche, mais un peu plus loin. Le terminus est près de chez nous, et la route est plus agréable, dit Ivan Léontiévitch avec naturel, comme s'il s'adressait à une vieille amie. Vous voyez l'absurdité de la vie. Je suis un homme de la ville, je suis né à la Prétchistenka, et à mon âge je me retrouve ici en exil. » Il souriait, il riait même on ne sait pourquoi ; puis il s'approcha d'elle et, exhalant un souffle frais et alcoolisé, il dit : « Vous aussi, vous êtes une vraie Moscovite. Vous savez, moi, ce n'est même pas à leur façon de parler que je reconnais les Moscovites, mais à leurs gestes. Vous savez, les gestes sont arrondis. » Il se mit à rire de nouveau en dévoilant ses dents du haut profondément fissurées. Il avait légèrement renversé la tête en riant et laissait voir une bande de barbe grise mal rasée sur le cou. Il prit Natalia sous le bras d'une main fine et ferme, et dit, soudain pensif :

« Il y a deux prénoms qui vous iraient bien : Tatiana et Natalia. Mais Natacha serait encore mieux.

— Je m'appelle Natalia Andréïévna », dit-elle avec un sourire, et elle se sentit joyeuse, elle aussi.

« Oui, bien sûr, Natalia. C'est exact, Natalia ! Les Tatiana sont un peu plus vives, et pas aussi douces... Oui, oui, Natacha[1]... » et il se réjouit de nouveau d'on ne sait quoi.

La grosse Biélotchka s'approcha en courant et sauta sur Natalia en entourant ses genoux avec ses pattes.

« Mais qu'est-ce que tu fais, Biélotchka ? Tu n'as pas honte ? dit Ivan Léontiévitch, surpris, en se penchant pour secouer l'imperméable de Natalia. Vous voyez comme elle est gaie ! Vous lui avez plu ! Vous savez, Natalia Andréïévna, vous devriez passer chez nous boire un thé ! » proposa-t-il en s'arrêtant soudain pour attendre la réponse.

Elle comprit alors que, dès l'instant qu'il s'était assis à côté d'elle à la table du repas funéraire, des relations s'étaient nouées entre eux, d'infimes mouvements invisibles les faisaient aller à la rencontre l'un de l'autre. Elle

1. Natacha est le diminutif de Natalia.

s'arrêta aussi, et remarqua soudain que l'air entre eux semblait chiffonné ; il était devenu un peu plus rare et plus chaud que l'autre air lointain où passaient à côté d'eux quelques passants dans la lumière qui s'atténuait.

« D'accord », répondit Natalia qui accepta aisément et qui eut aussitôt peur de cette aisance : qu'allait penser d'elle cet Ivan Léontiévitch qu'elle appelait intérieurement le « maître de la chienne ».

Puis elle regarda son visage qui n'était plus jeune, couvert de veinules rouges et de rides desséchées, ce nez de canard retroussé, et elle se rasséréna.

Ils revinrent à la maison qu'ils venaient de quitter et montèrent au dernier étage, le dixième. La porte de l'appartement des Maslennikov était légèrement entrouverte et elle pensa qu'elle serait gênée si quelqu'un remarquait qu'elle était revenue chez le voisin. Ivan Léontiévitch eut la même pensée parce qu'il poussa rapidement sa porte et, après avoir laissé passer Biélotchka qui regardait derrière elle, il fit entrer Natalia dans son appartement, claqua promptement la porte, et tous deux éclatèrent de rire.

« De vrais écoliers, n'est-ce pas ? » dit-il en lui prenant son imperméable.

Elle sentit l'effleurement de sa main sèche et légère et ne répondit rien. L'air de son appartement lui était familier : ça sentait la vieille maison, le bois, la poussière domestique, les livres et l'accumulation des années.

Natalia restait indécise ne sachant si elle devait enlever ses chaussures.

« Mais non, voyons ! dit le maître des lieux en agitant les bras. Nous ne sommes quand même pas en Orient. Nous croyons tous que nous faisons partie de l'Occident... Venez par ici, je vais mettre de l'eau à chauffer. »

Elle entra dans la pièce et regarda autour d'elle. C'était un logement étrange, tout encombré de vieux meubles esquintés. Les rebords étroits des fenêtres étaient élargis et garnis de nombreux pots de fleurs sans prétention : des géraniums, des violettes. Dans un coin, il y avait un bac avec un aloès d'une dimension incroyable. Sur le bureau en chêne — ce n'était pas une table en fait, mais un bureau avec un rideau mobile —, il y avait également des fleurs. Les étagères des deux petites armoires en noyer étaient remplies d'un fatras de vaisselle et de livres. Un vieux lit en acajou, une petite table branlante ; tout était recouvert d'une épaisse poussière, mais les feuilles des plantes étaient luisantes, fraîches comme après la pluie, lustrées. Au milieu de la pièce, tel un lutrin, se trouvait une planche à dessin avec des appareillages spéciaux. Des portraits étaient accrochés au mur. L'un, d'une facture subtile, représentait une toute jeune fille farineuse, vêtue d'une robe vieux rose, dans un cadre éraflé en bouleau de Carélie ; le second, un militaire en uniforme rouge avec des épaulettes argentées et des cheveux rabattus sur les oreilles. Il avait le même nez retroussé que le maître des lieux.

Natalia examinait les portraits et la chienne restait poliment à côté d'elle, comme si elle désirait donner des explications.

« Voilà, dit Ivan Léontiévitch en poussant la porte avec le genou et en portant un plateau sur ses bras tendus, le thé sera prêt dans un instant. »

Et il s'interrompit aussitôt.

« Pourquoi restez-vous debout ? Quel malappris je suis ! Je ne vous ai même pas proposé un siège. » Il posa le plateau sur la petite table et en approcha un vaste fauteuil.

« Asseyez-vous, Natalia Andréïévna. »

Natalia s'assit dans le fauteuil. Il se trouva d'un confort inattendu. Le maître de céans approcha d'elle le plateau avec deux tasses et un sucrier. C'était de la porcelaine ancienne, vieille, fendue et ébréchée : une tasse sans anse, une soucoupe dépareillée ; tout était différent, mais avait un air de famille, exactement comme chez Natalia Andréïévna.

« Voulez-vous du fromage ? demanda d'un air affairé le maître de maison.

— Mon Dieu, je sors de table ! refusa Natalia.

— Moi, je connais une certaine personne qui ne refuse jamais un morceau de fromage », grogna Ivan Léontiévitch, et Biélotchka releva les oreilles. « Bien que, soit dit en passant, cette personne, excusez-moi, ait été constipée à cause du fromage », ajouta-t-il sévèrement en mettant un petit morceau devant la chienne intéressée au plus haut point.

Entre-temps, la nuit était complètement tombée, et Natalia se demanda avec un certain étonnement ce qui l'avait attirée ici : alors qu'elle aurait dû être depuis longtemps chez elle, elle restait on ne sait où, et c'était bien et très agréable.

« C'est ma chère mère, Varvara Alexéïévna..., dit-il en hochant la tête en direction du portrait de femme. Paix à son âme... »

Il était debout devant le portrait, le regardait attentivement, comme pour la première fois, puis il se tourna vers Natalia et, en serrant ses gros doigts sur le fauteuil d'osier, il dit avec la perplexité d'un enfant :

« Où pourrait-elle être, sinon au paradis ? »

Et Natalia fut saisie par la chaleur d'une compréhension imprévue. Ô ! à ce sujet elle savait de quoi il retournait, et comment... Ces endroits inondés de lumière où se promenaient ses parents lumineux... Mais peut-on en parler à quelqu'un ? Et en regardant ce vieillard maigrichon, brusque, adolescent d'une certaine façon, elle devina que lui aussi connaissait la question.

« Moi aussi j'ai enterré mes parents il y a trois ans », dit-elle, et l'un et l'autre éprouvèrent une sympathie réciproque, comme s'ils étaient deux enfants perdus dans la foule, se serrant l'un contre l'autre.

« Ah ! ma pauvre, ma pauvre..., compatit Ivan Léontiévitch. Ma chère mère Varvara Alexéïévna nous a quittés il y a dix-huit ans... »

Et il s'assit en face d'elle, sous les portraits de famille, entre la jeune fille rose lilas et l'uniforme de cavalier de la garde impériale rouge vif, et son visage avait une nuance complexe et angoissée, incluant aussi bien le rose lilas, que le rouge ou le bleu glacé...

« Vous comprenez, Natacha — permettez-moi de vous appeler ainsi —, je sors d'une caste de militaires. Tout le monde sait qu'en Russie la caste militaire appartenait à la noblesse. Dans notre famille tous les hommes étaient des bouffons et des noceurs, des idiots et des va-t-en guerre... Mais *comme il faut*... C'est ainsi que mon grand-père maternel s'exprimait.

« Lui », sans se retourner il indiqua de la main le portrait derrière son dos, « c'est Alexéï Léontiévitch, cavalier de la garde. Ma chère mère est née Balakiréva... Quant à moi, je ne suis pas né à la bonne époque. Peut-être mal à propos aussi... Quand je suis entré dans mon adolescence, la guerre avait pris fin, et je suis devenu ingénieur militaire. Je construisais, je faisais des projets de tout ce qu'on veut : des aérodromes, des lignes secondaires, des ponts, des chiottes, des abris... Le diable sait quoi... » Il interrompit son récit. « Excusez-moi ! » et il partit dans la cuisine, fit tinter des verres et revint.

« Oui, qu'est-ce que je disais... Ah oui, le mythe militaire ! Le mythe militaire familial... Il y a longtemps qu'il n'y a plus de corps d'officiers russe... Une bande de larbins sans honneur, sans conscience, sans dignité... »

Toute la soirée Ivan Léontiévitch parla de ses parents, de ses lointains ancêtres titrés, de la vie des officiers à la caserne, avec son quotidien sombre et carcéral, de l'ivrognerie clandestine ou scandaleuse, de ses deux mariages, l'un plus absurde que l'autre : le premier avec une infirmière de la garnison, une narcomane débauchée aux dents dorées, et le second, alors qu'il était soûl, avec une petite actrice de passage qui l'avait quitté au bout d'un an en lui laissant son gentil petit garçon de cinq ans qui était grand maintenant et avait oublié son père adoptif... Tandis qu'il parlait, elle voyait des images lumineuses : le lac Balkhach, son désert salé et ses tempêtes de sable, le printemps éphémère, chatoyant et enfantin, avec ses tulipes ; elle voyait aussi cet endroit marécageux et maudit de Sibérie orientale, Alexéïévoda, au sol mouvant, le travail infernal avec les prisonniers décimés, livrés à la troupe comme main-d'œuvre d'appoint.

Ivan Léontiévitch raconta aussi comment, alors qu'il n'avait pas encore atteint l'âge de la retraite, il avait été chassé de l'armée, échappant de peu à la justice... Pour Natalia, ce n'étaient pas seulement les événements de sa vie d'homme et d'aventurier qui importaient, mais son style même, la répartition des accents, la désolation naïve de l'absurdité, de la vanité de la vie et de sa propre « dérive », selon son expression...

Il était étonnant de voir comment, en quelques heures, sa vie s'était imprimée dans le cœur de Natalia et à quel point il était devenu proche d'elle.

« Le pauvre, le pauvre, songeait-elle : il est resté les mains vides. »

Il était minuit passé quand Ivan Léontiévitch lui dit :

« Il est temps de dormir, Natacha. Je vais préparer le lit. »

Et c'était si naturel qu'il semblait en avoir toujours été ainsi. Tout en cherchant un deuxième oreiller dans la commode, il lui dit en la regardant droit dans les yeux :

« Je suis vieux, Natalia », ils avaient déjà établi à ce moment-là que leur différence d'âge représentait le chiffre noble et très significatif de sept, « et un peu ivre et, pour vous parler franchement, il y a longtemps que j'ai pris mes distances avec ces amusements, je veux vous prévenir pour que vous n'attendiez pas de moi de grands exploits... »

Natalia, étonnée de sa totale liberté et de sa propre assurance, sourit d'un air fatigué et dit en guise d'encouragement :

« On se débrouillera.

— En tant qu'officier et honnête homme, il est de mon devoir de vous prévenir », dit-il en riant, et il jeta l'oreiller sur un coin du lit attirant Natalia vers lui. Sa main droite saisit sa nuque et, quand sous ses doigts, juste en dessous de sa petite oreille, il sentit le fil palpitant de son pouls, il comprit qu'il avait eu des craintes superflues pour sa vaillance virile...

Après avoir bu en cachette le reste de vin à la cuisine, Ivan Léontiévitch s'assoupit à l'aube d'un sommeil sombre et aviné. Le lendemain matin, Natalia ne put le réveiller : elle passa la main dans ses cheveux, l'appela :

« Ivan, Ivan... »

Mais il se contenta de s'incruster dans le lit, de toucher de sa main ensommeillée la poitrine de Natalia et il ne se réveilla pas.

Celle-ci s'habilla, se débarbouilla à l'eau froide — on avait coupé l'eau chaude. Elle se regarda en passant dans le miroir doublement fendu et s'étonna de ne voir aucun changement sur son visage : les mêmes sourcils arrondis, les yeux vert noix avec de grands cils de génisse, une bouche d'une rondeur enfantine et le cou affaissé de rides.

À sept heures et demie, Natalia alla vers la station de bus à laquelle elle n'était pas arrivée la veille. C'était un jour nouveau, complètement à part dans son existence, et le chemin qu'elle suivait, entre deux immeubles modernes, lui sembla être la lisière contre laquelle s'était brisée son ancienne vie. Et puis Natalia se sentait changée, comme si ces mains desséchées l'avaient remodelée, non par des éclaboussures d'affleurements, mais tout entière, depuis les boucles de ses cheveux jusqu'à ses gros orteils, et son corps massif était devenu neuf et léger, comme s'il avait été fait d'écume de mer figée.

Elle marchait sur le chemin et s'efforçait de se souvenir de ce qui avait existé auparavant dans sa vie, dans sa jeunesse : un fiancé, un étudiant bouclé avec des taches de rousseur, l'année où elle avait terminé le lycée — des promenades, des boulevards, des baisers sous les porches, et, elle ne savait pourquoi, les choses ne s'étaient pas arrangées ; son mari Serguéï avec son corps lourd et grossier, et son odeur de fromage blanc aigre. Et tout ce qui avait existé était comme une chose vue de loin, dans un cinéma sinistre, même pas en noir et blanc, mais en grisâtre clair...

Des bandes de chiens matinaux se promenaient le long du sentier : Natalia songea que tous ces chiens étaient des copains de Biélotchka, et elle sourit en se souvenant de la façon dont elle avait posé sa gueule sur ses genoux...

L'autobus tourna longuement à travers ces pâtés de maisons sans personnalité qui avaient conservé des noms campagnards humains comme Maryino, Borissovo, Bobrinévo... Parfois, Natalia reconnaissait des bribes du chemin de la veille, quand ils étaient dans le bus qui les ramenait du crématorium et qu'elle ne connaissait pas encore Ivan, alors que lui, comme il le lui avait dit ensuite, était assis derrière elle et admirait ses cheveux roux et souples roulés en un chignon.

« Quant à moi... oui, moi, je ne l'ai même pas remarqué », songea Natalia en souriant intérieurement.

Elle se rendit au travail, rentra chez elle le soir. Elle lessiva le sol, récura son réfrigérateur. Elle débordait de forces venues d'on ne sait où, son corps était rempli à ras bord de fête, malgré son mal de dos, ses douleurs aux reins et aux muscles des jambes. Mais ces courbatures, comme les douleurs légères, étaient pleines de bonheur. Elle énumérait tous les petits détails de certains mots, des effleurements, des gestes, en s'étonnant qu'une histoire aussi énorme ait pu du début à la fin prendre place en un temps qui n'avait duré que du soir au matin.

Elle n'osait avoir la moindre pensée secrète sur la possibilité de revoir Ivan Léontiévitch, de retourner chez lui ou bien de le recevoir chez elle, d'être sa maîtresse ou sa femme. Être quelque chose pour lui de toute façon. Elle savait depuis longtemps que rien de tel n'était prévu dans son destin. Une erreur s'était simplement produite et ce qui ne lui était pas destiné, ce dont elle n'avait jamais rêvé, avait eu lieu par hasard. Et elle ne pouvait rêver maintenant de faire durer cette joie inespérée : autant retenir la foudre dans ses mains...

Elle vécut ainsi une journée, puis deux, puis trois, et quelques jours encore au cours desquels se forma dans son âme un espace bien rond de joie qu'elle ressentait physiquement comme un gonflement à l'intérieur de la cage thoracique, qui allait jusqu'à lui procurer une douleur dans les côtes. Toutes les paroles qu'avait prononcées Ivan Léontiévitch, ses gestes, les nombreux objets qui formaient le cadre de son appartement, et même le caractère de sa chienne Biélotchka, tout se trouvait devant ses yeux comme une image en relief qui se serait déployée à tout instant, qui bougeait et vivait, sans que ces répétitions la lassent, comme l'être humain ne saurait se lasser de ce qui est vital : l'eau, l'air ou le pain.

À la fin de la semaine, tard le soir, à une heure où habituellement on ne la dérangeait plus, la sonnerie du téléphone retentit et, d'une voix directe et ordinaire, Ivan Léontiévitch lui dit :

« Natacha, je n'ai pu me résoudre à te téléphoner... Tu es partie sans me laisser ton numéro... J'ai dû le chercher... Je veux te voir. Tu entends ? »

Natalia resta muette. Après s'être raclée la gorge, elle dit d'une voix curieusement sévère :

« J'écoute.

— Je veux te voir, continua-t-il. Pour le moment, je ne suis pas vraiment..., dit-il en hésitant, *comme il faut.* Je te téléphonerai dans quelques jours, je peux ?

— Si tu peux ? dit Natalia surprise. Bien sûr. Je suis contente que tu m'aies téléphoné. Bien sûr, oui, oui. »

Elle entendait déjà la tonalité indiquant qu'il avait raccroché, mais elle continuait de tenir le combiné ; elle regardait le téléphone d'un air perplexe et n'arrivait absolument pas à lier l'aspect de cet appareil banal et la nouvelle que sa vie changeait une fois encore d'une façon merveilleuse, que tout ce qu'elle vivait prenait la forme d'un conte qui n'était pas, de toute évidence, une boule de cristal enchantée qu'elle faisait tourner selon ses désirs en plongeant son regard dans ses profondeurs irisées, mais une marche ordinaire qu'elle avait gravie dans sa vie de femme connaissant le bonheur inimaginable d'avoir en face d'elle chaque matin, au petit déjeuner, un homme rasé de frais qui remuait son thé avec une petite cuiller, le coude appuyé sur le journal...

Elle tenait le combiné et le timbre du téléphone lui annonçait une nouvelle vie en laquelle elle crut totalement et aussitôt...

Le bonheur rond et égal d'autrefois prit dès lors totalement fin. Maintenant elle attendait un appel. Elle partait au travail quelques minutes plus tard que d'habitude, se dépêchait de revenir chez elle, achetait même le pain au buffet à l'heure du déjeuner afin d'éviter d'aller à la boulangerie et ne pas perdre le temps qu'elle passait près du téléphone.

Mais il ne téléphona ni cette semaine-là ni la suivante. Il ne téléphona plus jamais. L'attente de Natalia était vaine.

Ivan Léontiévitch, pendant ce temps, avait d'autres préoccupations : il s'était mis à boire. Il avait laissé tomber son délicat travail de dessinateur et avait mangé tout son argent. Il avait apporté chez un libraire une ancienne encyclopédie d'architecture allemande et quelques numéros de la revue *Capitales et demeures*. Puis, durant une semaine, il avait bu un vin rouge bon marché avant de se mêler à une bagarre à côté du magasin d'alcools. Deux ivrognes du voisinage l'avaient ramené chez lui, bien amoché. Il était resté couché une semaine, ne faisant même pas sortir sa chienne : il la laissait aller, la pauvre, sur le balcon. Il buvait de l'eau et jeûnait.

Il se réveilla un matin et voulut se raser. Ses mains ne tremblaient presque pas. Il se regarda dans le miroir doublement fendu dans un coin. À la place des gros bleus, il ne restait que des ombres jaune pâle. Sa lèvre tuméfiée était cicatrisée. Il n'y avait plus de brèches entre ses dents de devant, dans la mesure où l'une de ses incisives supérieures manquait. Le blanc des yeux était jaune. Il tira la langue et la regarda. Elle était blanche. Puis il se sourit et dit à haute voix, ironiquement :

« Vous allez vivre, Ivan Léontiévitch, vieille saloperie... »

Biélotchka le regarda avec intérêt. Elle n'avait pas l'habitude que son maître se parle à lui-même. Il passa la main sur les poils de son visage qui menaçaient de se transformer en barbe et, s'adressant à Biélotchka cette fois, il remarqua :

« Il est beau le fiancé, hein ? »

Il ne se souvenait plus de Natalia.

« Est-ce qu'il n'y a pas assez au monde de beaux palais, de tableaux, de femmes... Est-ce que cela concerne un péquenot comme moi ? »

L'automne passa. L'hiver commença. Natalia pensait que le chemin qui conduisait à l'arrêt de bus, et qu'elle avait emprunté deux fois dans sa vie, était couvert de neige, et toute sa vie lui sembla recouverte non pas seulement de neige, mais d'une sombre poussière de terre. L'odeur de cette poussière moisie lui apparaissait constamment : elle lessivait sans fin ses affaires, nettoyait la maison, mais l'odeur ne pouvait partir. Un jour, elle rêva de Vladimir Stépanovitch Maslennikov. Il se promenait avec sa chienne Biélotchka et, ayant aperçu Natalia, il la menaçait du doigt.

Après le Nouvel An, Natalia tomba malade. Elle eut d'abord la grippe, puis cette grippe se transforma en une longue et pénible pneumonie. Elle passa plus de deux mois à l'hôpital, puis on l'envoya dans une clinique phtisiologique où on l'examina longuement sans rien trouver. On lui donna malgré tout un certificat pour un séjour en sanatorium.

Elle arriva à Yalta à la mi-mai. Amaigrie, dans des habits trop chauds pour cette journée lumineuse de printemps, elle sortit du trolleybus et posa par terre sa valise démodée. Entièrement couvert de grappes de fleurs d'un rose épais, sans la moindre petite feuille verte, un être la regardait dont les contours généraux ressemblaient à un arbre. Mais il se distinguait de tous les autres arbres au monde de la même façon qu'un pain se distingue d'une pierre. Entièrement animé, jusqu'au moindre bouton encore fermé, plus audible que n'importe quelle parole humaine, il parlait de ce bonheur de la vie à peine supportable, extrême et quasiment inconcevable.

Natalia restait sur place et écoutait : elle entendit quelque chose. Elle traduisit approximativement en un langage fruste et humain ses paroles bruissantes :

« Depuis la graine cachée qui a germé, depuis la première pousse, tout le travail de respiration pour former les feuilles qui reviennent chaque année, tout le maintien du poids par le tronc, toute la sombre mélancolie de l'hibernation, tous les labeurs de la production estivale, les peurs nocturnes et les suffocations de chaleur, tout cela s'accomplit au nom de ces quelques jours de triomphe, de cette floraison rose épaisse, de l'exquise diffusion de parfums, au nom de la prière bienfaitrice qui est en soi le sens de l'existence... »

Natalia écoutait et essuyait ses larmes.

Le lendemain de son arrivée, le phtisiologue de l'établissement l'examina et lui déclara qu'elle n'avait besoin d'aucun soin : il lui suffisait de se reposer, de reprendre des forces et de respirer l'air marin, mais de ne pas s'exposer au soleil.

Il y avait un petit parc qui s'étendait près du sanatorium, où poussaient également ces arbres roses, mais ils avaient quelque chose de moins époustouflant que le premier. Et leur floraison était finie.

Durant les trois semaines prévues de son séjour, elle se promenait dans le parc, marchait le soir le long de la mer, se réjouissait de la chaleur dont se pénétrait peu à peu plus profondément tout son corps qui semblait s'être engourdi durant le dernier hiver. Peu à peu disparut même le frisson qui s'était installé le long de son échine depuis l'automne, comme un serpent froid et sombre.

Elle éprouvait une sérénité étonnante. Au début du mois de juin, ce fut la canicule. La mer s'était réchauffée au point que les baigneurs étaient nombreux.

Natalia ne cessait de marcher sur le rivage, de l'eau jusqu'aux chevilles, et elle se réjouissait de la vigueur et de l'âpreté de l'eau de mer qu'elle ressentait même sur la plante des pieds.

L'un des derniers jours, elle décida de se baigner. Elle enfila un vieux maillot de bain en laine que son père avait rapporté d'Allemagne autrefois, dont la couleur était passée, mais qui avait gardé quelques rayures. Elle entra dans l'eau jusqu'aux genoux, puis jusqu'aux hanches. Elle sentit des fourmis dans tout son corps, un frisson passa le long de sa colonne vertébrale. Puis elle toucha des pieds le fond tiède et elle partit à la nage.

Comment aurait-elle pu oublier durant toutes ces années de maturité, elle qui avait grandi à Saratov, sur les bords de la Volga, cet enthousiasme enfantin de la nage, de ce mouvement d'amour réciproque, de l'embrassement étroit et total du corps par une eau puissante et aimante. Natalia plongea le visage dans l'eau et se lança dans une brasse régulière et instinctive qu'elle avait immédiatement retrouvée. Elle éprouvait une profonde reconnaissance pour cette masse verdâtre, lourde et compacte. L'eau baignait chaque particule de son corps, la débarrassait de toute la fatigue de sa longue maladie, de toute sa nostalgie, de toute cette attente vaine, et à chaque mouvement elle se sentait plus pure et plus forte moralement. L'eau avait sa propre respiration qui s'harmonisait très précisément avec la respiration de Natalia.

Elle étendait ses bras en avant, et l'eau se lançait sous sa poitrine, passait avec difficulté sous son ventre, la portait en avant et légèrement vers le haut. Natalia remuait puissamment ses jambes, comme une grenouille, et l'eau, comme une énorme main, s'appuyait sur ses fesses en la poussant.

Natalia ne pensait à rien, jouissant de cette communion de rythmes, et le temps immense et progressif, arbitrairement divisé en heures et en minutes, avait totalement cessé d'exister.

Elle nageait, et la terre s'éloignait de plus en

plus, autant par la distance physique que par le total éloignement de tout ce qui entourait Natalia sur la terre ferme. Là-bas, loin derrière son dos, il y avait Moscou, l'appartement de ses parents, et même les rivages de la Crimée aux arbres roses.

Le rythme de ses mouvements n'appartenait plus à elle seule, il appartenait à la mer et à la planète au flanc de laquelle cette mer respirait régulièrement, ainsi qu'à cet immense espace sans nom dans lequel la planète traçait une ellipse, mais aussi à tout ce tissu d'étoiles et d'espaces étoilés qui consistait en des rythmes multiples superposés. Et il était merveilleux de savoir que le rythme de ses propres mouvements, de sa respiration, des battements de son cœur était lié à ces mouvements immenses par une loi simple et unique selon laquelle son corps avait un lien étonnant avec la mer, avec la terre, avec le ciel.

Elle sentait son corps énorme, et elle ne nageait plus dans l'eau mais dans le ciel illimité, son pied touchait la constellation de la Balance, et l'extrémité de ses doigts joints dans le plongeon tendait vers les Poissons qui scintillaient et frémissaient au loin. Quelque chose entravait un bonheur parfait : elle enleva son maillot de bain serré qui coula aussitôt derrière elle.

Peu à peu la lumière solaire du jour était devenue brumeuse et blanchâtre, puis grise, nocturne et tendre. Natalia nageait, ne cessait de nager en brassées immenses et souples au milieu des étoiles dangereusement roses et bienheureusement vertes. Elles voguaient à côté d'elle, les unes importantes, humides et grandes, les autres petites, pointues, d'une robustesse adamantine. Certaines voguaient à travers le corps de Natalia sans lui causer le moindre mal, en ne laissant que le souvenir subtil de leur effleurement. Et son éloignement de tout ce qui avait jadis existé était tel que les rivages de la Crimée étaient aussi minuscules qu'un grain de coquelicot et demeuraient dans un flou obscur.

Puis ce furent les ténèbres. Tout se tut ; il ne resta rien hormis un mouvement vers le bas, vers les ténèbres veloutées. Elle ne nageait plus : elle volait. Son corps était toujours empli de joie, mais une boule de terreur monta dans sa gorge comme un cri bloqué.

Cela dura au-delà de toute mesure, et enfin, en bas, la lumière apparut, petite et ronde comme un œil de chat. Elle augmentait avec une vitesse terrible, avançait à sa rencontre, devenait plus vive et elle sembla, à un certain moment, se dédoubler. Tous les phares qui grandissaient allaient au-devant de Natalia et elle-même était prise dans un opiniâtre mouvement de rencontre ; c'en était effrayant.

« Une voiture ! » crut-elle entrevoir dans sa tête, et elle vit alors que c'était réellement une automobile, mais tout à fait particulière, vivante : ses phares étaient des yeux, et derrière flottaient non des nuages de gaz d'échappement, mais deux ailes noires, rigides et puissantes...

L'automobile ralentit et s'arrêta devant Natalia. À la place du chauffeur, entièrement tourné vers elle, était assis Ivan Léontiévitch, le visage sévère et lumineux. Il lui tendit la main et, à peine l'eut-elle effleurée, qu'elle reconnut sa sécheresse et sa robustesse...

À midi passé, Ivan Léontiévitch apporta chez l'éditeur son travail, quatorze pages de schémas pour un manuel de conduite. Le rédacteur technique examina d'un air pointilleux chaque feuille, posa des questions de non-professionnel, alors que les mains d'Ivan Léontiévitch tremblaient sous la table. Des gouttes de sueur perlaient sur son front, son cœur s'arrêtait ou bien commençait soudain à battre comme une horloge folle.

Sans lever les yeux, le rédacteur technique continuait de disséquer chaque ligne d'un schéma irréprochable. Il était nouveau et ne savait pas encore qu'ici on ne vérifiait pas ce genre de travaux.

À deux heures moins trois, Ivan Léontiévitch se racla la gorge et ayant, à son habitude, joint ses doigts comme une tresse, il se leva et dit :

« Excusez-moi, je suis un peu aujourd'hui... pas *comme il faut*... Je vais sortir un instant... »

Sans faire attention, le rédacteur hocha la tête.

Ivan Léontiévitch se hâta de sortir de la pièce, descendit l'escalier en courant, bondit de la fraîcheur d'un vieux bâtiment dans la rue aussi chaude que chez lui ; il traversa en courant la rue pour aller vers une vieille boutique géniale au-dessus de laquelle se dressait l'enseigne si chère — quatre lettres carrées[1].

Une voiture officielle noire l'atteignit à trois mètres du magasin. Il était exactement deux heures, la vendeuse aux grosses épaules était justement en train d'ouvrir la porte et toute la queue des martyrs aux âmes tremblantes se retourna comme un seul homme lors du crissement odieux des freins...

1. *Vino* en russe, c'est-à-dire « vin ».

Goulia

La fête de Goulia tombait la veille de Noël. Elle pratiquait inconsciemment depuis l'enfance, et d'année en année avec plus de conscience et de ferveur, la religion secrète et universelle de la fête, et pas une seule fois dans sa vie Goulia n'avait manqué de célébrer ce jour. Au cours des années qu'elle avait passées en exil, comme durant les années de camp, elle s'organisait avec des moyens de fortune dérisoires pour inventer à partir du néant ces petits riens croustillants et amidonnés de la fête qu'elle picorait elle-même et distribuait à ceux qui se trouvaient à ses côtés à ce moment-là.

Elle célébrait le jour de sa fête, celui de son anniversaire, mais aussi les anniversaires de sa défunte mère et de sa sœur, de son mariage avec son premier mari, ainsi que Pâques, la Trinité, les Douze très grandes fêtes[1] sans exception et

1. Les plus grandes fêtes de l'année liturgique orthodoxe, avec neuf fêtes fixes et trois fêtes mobiles.

une bonne partie des fêtes officielles. Elle fêtait le Nouvel An deux fois, selon l'ancien calendrier et le nouveau[1], tout comme Noël : d'abord le catholique, en arguant du sang polonais de sa grand-mère, puis l'orthodoxe. Elle n'omettait pas le premier mai, ni le huit mars, et honorait même le sept novembre. Dans la mesure du possible, elle conservait certains rites. Ainsi, elle aimait célébrer dès le matin le jour de son anniversaire, qui tombait au début de l'été, le trois juin. Si les circonstances le permettaient, elle se rendait avec une amie quelconque à l'Exposition agricole ou au Jardin botanique, se promenait deux heures en racontant à son amie les histoires ouvertement scandaleuses de sa prime jeunesse, puis elles arrivaient au restaurant Prague où elles festoyaient de la façon la plus compliquée possible pour huit anciens roubles, qui devinrent par la suite une trentaine de roubles nouveaux[2].

Elles allaient ensuite se reposer chez Goulia, et, une fois requinquées, elles buvaient du café accompagné d'une liqueur préparée à l'avance, de glaces et de bonbons Grillage, tant qu'ils furent encore accessibles à leurs dents et qu'ils n'eurent pas totalement disparu des magasins.

1. Il y a treize jours de décalage entre le calendrier julien, toujours en vigueur dans l'église orthodoxe, et le calendrier grégorien adopté après la révolution de 1917.

2. En 1961 eut lieu une réforme monétaire.

Quand la quantité de liqueur ingurgitée dépassait notablement le volume de café, Goulia prenait la guitare accrochée au mur et chantait du Vertinski[1] en imitant fidèlement ses intonations et sa prononciation, tout en passant sous silence, avec de nombreux sous-entendus, certains souvenirs cuisants.

Cela s'appelait des « bombinettes », et Véra Alexandrovna, autrement dit Véroucha, était la complice privilégiée de ces orgies végétariennes.

Son rôle avait maintes fois changé au fil des années : elle avait été l'admiratrice exaltée, la confidente, la concurrente et même la protectrice à diverses époques de leur vie stratifiée comme une coupe géologique. Véra Alexandrovna — mi-parente, mi-ombre, papier à cigarette de la mémoire et preuve la plus manifeste, parmi toutes celles dont disposait Goulia, de la réalité de sa propre existence...

Bien avant la Sainte-Evguénia[2] qui tombait la veille de Noël, Véra Alexandrovna commença à s'inquiéter de ne pouvoir faire cette année-là un beau cadeau à Goulia qui en serait peinée.

Cette fois-ci, elle dénicha, parmi des papiers qui lui venaient d'une parente défunte, une vieille photographie censée confirmer sa pa-

1. Chanteur de style « décadent » ayant une prononciation aristocratique. Après avoir émigré en 1919, il revint en URSS en 1943.

2. Dont un des diminutifs possibles est Goulia.

renté mythique avec Goulia, laquelle tenait dans le fait que la cousine de la mère de Goulia aurait été mariée en secondes noces au grand-père de Véra Alexandrovna. Sur la photographie en question était représenté un couple plein de noblesse et Véra Alexandrovna eut envie de penser qu'elle avait découvert une preuve extrêmement ténue de leur parenté. Véra Alexandrovna joignit un flacon de shampoing yougoslave et une piteuse boîte de bonbons à cette photographie qui constituait la part spirituelle du cadeau pour le jour de sa fête. Les bonbons l'inquiétaient particulièrement, et elle demanda même à Chourik[1] ce qu'il pensait de cette boîte sans panache. Chourik la regarda avec un intérêt très appuyé et dit :

« C'est bizarre, maman, très bizarre ! Ça fait une sorte de composition. C'est un cadeau très élégant. »

Vaguement rassérénée, Véra Alexandrovna alla dans la cuisine pour mettre à chauffer ses fers à friser. Tandis qu'elle mettait en plis ses cheveux légers, d'un blanc jaunâtre, San Sanytch[2] passait du cirage sur ses bottes de randonnée — ses chaussures préférées qui alliaient une grande solidité à un prix modique —, et

1. Diminutif de Choura qui est un diminutif d'Alexandre.
2. Façon très courante de prononcer Alexandre Alexandrovitch.

l'un et l'autre, la mère et le fils, entraient dans le prologue de la fête de Goulia, composé des odeurs de fers chauffés, de cheveux roussis, de cirage et de chypre simplet.

Un long plat, où étaient posés du sirop et une bouteille de vin rouge, se trouvait sur un petit guéridon ovale, recouvert d'un napperon taché pour servir le thé. Un petit sapin était fiché dans un grand vase au bord ébréché, qui, pour cette raison, n'avait pas été mis en vente. Les journaux couverts de la merde de Juliette, habituellement dispersés à intervalles réguliers dans toute la pièce, avaient été mis en tas dans un coin à l'occasion de la fête ; parfois ils n'étaient même pas emportés aux ordures.

Les hôtes passaient les dernières heures de la Veillée de Noël à jeûner, et quand on approchait de huit heures et que prenait fin la vigile à l'église de Saint-Ilia, Goulia inaugurait le premier jour qui suivait la Naissance du Christ en distribuant des zakouski à la viande, parfois chauds. Le jeûne de deux heures prenait fin, on commençait à manger gras.

Comme elles étaient superbes, ainsi installées à table ! San Sanytch les admirait, ces petites vieilles diaphanes, ces élues qui avaient conservé leur tonus ces vingt-cinq dernières années en payant des amendes pour toute allusion aux maladies, aux petits problèmes physiques et, Dieu les en garde, à la mort. La littérature, l'art, les souvenirs de jeunesse, les potins mondains, voilà autour de quoi tournaient leurs éternelles discussions.

Pour l'instant, elles parlaient de chapeaux et de la façon dont les jeunes femmes ne savent plus porter ce signe distinctif du beau sexe, ce témoignage de talent ou de nullité, marque d'appartenance sociale et indice de niveau intellectuel. Plus exactement, il s'agissait des chapeaux de Zinaïda Hippious[1]. Ensuite, mine de rien, Goulia glissa aux avantages du « mariage suédois » par rapport au « *ménage à trois* », puis par des voies tortueuses elle arriva à Diaghilev, au ballet en général, à Maïa Plissetskaïa...

On parlait... on parlait... L'étoile de Noël s'était depuis longtemps égarée dans la voûte céleste aux astres innombrables qui n'étaient pas ceux de Noël, et dans la longue pièce soufflait un courant d'air qui allait de la haute fenêtre à trois battants vers la porte percée dans le mur du couloir — ce qui avait détruit l'aristocratique enfilade de pièces de ce bel appartement ancien —, refroidissant les épaules menues des vieilles femmes aux omoplates délicates et usées.

Ce faux hiver, comme s'il avait honte d'être pourri, accueillait Noël avec un froid glacial de

1. Poétesse symboliste russe (1867-1945).

circonstance, conforme au calendrier. La brise indolente qui soufflait de la fenêtre se faisait de plus en plus rude. Goulia posa son vieux manteau de fourrure sur le large rebord de marbre, mais le chauffage qui avait l'humeur à zéro ne venait pas à bout de ce brusque refroidissement.

S'étant emmitouflées dans les châles, les écharpes et les robes de chambre de Goulia, elles parlèrent des frimas de Soixante-treize ou de Soixante-quinze — elles s'embrouillaient légèrement —, de Quarante et un, de Vingt-quatre et, le Seigneur nous pardonne, de Mille neuf cent treize.

On mangea tout ce que pouvait proposer le traiteur du restaurant Prague : du canard farci, de la viande à la vlajski, des vol-au-vent farcis d'on ne sait quoi. Et l'on aurait bien bu tout ce qu'il y avait, mais Goulia, selon une vieille habitude, avait « planqué » une petite carafe de cognac et une demi-bouteille de porto authentique dont on lui avait fait cadeau et qui ne lui semblait guère meilleur que celui de Tauride...

Quand on se mit à parler du temps, Juliette descendit du canapé et, montrant de toute sa personne le mépris qu'elle éprouvait pour une conversation qui prenait un tour aussi petit-bourgeois, elle se coucha sur un coussin de velours.

Juliette et Goulia n'avaient pas la moindre ressemblance physique. Juliette était une bâtarde, un basset à poil ras, alors que Goulia était une vieille racée, aux jambes fines, tel un lévrier aux narines semblables à des parenthèses ouvragées et aux fins sourcils arrondis et haut relevés. Leur ressemblance était plus profonde et restait imperceptible à celui qui n'était pas attentif. Elle s'exprimait dans leur mépris aristocratique pour les choses mesquines, dans une superficialité déplorable et un fond extraordinairement solide.

Goulia sentit en même temps que Juliette une légère irritation et était prête à proposer une partie de « chemin de fer » quand soudain San Sanytch, qui jusqu'alors admirait ces dames, ces filles, ces vieilles ménades, ces anges, ces sorcières dégarnies, parfumées, vétustes et herculéennes, San Sanytch, qui s'était tu modestement toute la soirée, dit à voix basse :

« Goulia, il y a un courant d'air affreux chez toi ! Il faut calfeutrer la fenêtre. Je viendrai demain après mon travail, vers sept heures et demie, et je m'en occuperai. Ne t'éclipse pas, s'il te plaît !

— Tu es un amour ! glapit Goulia. Chourik, tu es un ange ! Comme c'est gentil de ta part, Vérotchka, d'avoir été tentée par l'enfantement ! »

Et elle bondit avec légèreté de son fauteuil pour s'élancer vers San Sanytch et, appuyant son superbe buste opulent et enveloppé de grâce contre son épaule, elle déposa un baiser sur son crâne déplumé. On se mit à parler des enfants.

Goulia ne dormit pas bien. Elle avait mal au ventre et dut se lever deux fois le matin pour aller aux toilettes. Elle avait forcé sur le porto. Par solidarité, Juliette avait également fait des saletés, directement par terre car, en allant se coucher, Goulia avait oublié de lui étaler sa portion habituelle de *Gazette littéraire.* En l'occurrence, Goulia avait été plutôt attendrie à vrai dire : elles souffraient habituellement l'une et l'autre de constipation ; Juliette n'avait pas bu de porto, de sorte que son dérangement ne pouvait s'expliquer que par la profondeur exceptionnelle de leur sympathie spirituelle.

Goulia était frigorifiée : elle mit longtemps à se réchauffer sous deux couvertures et son manteau de fourrure. Elle ne cessait d'avoir mal au ventre et elle ne s'endormit qu'après avoir chauffé de l'eau dans la bouilloire en guise de bouillotte.

Réveillée à midi passé, elle resta encore une petite heure au lit — elle n'aimait jamais se lever tout de suite —, et elle ressentit une agréable sensation de vide et de légèreté au creux du ventre en se réjouissant de l'âpre soleil hivernal. Il faisait un froid cruel dans la pièce et un tendre monticule de givre s'élevait sur le rebord de la fenêtre. Goulia examina sa chambre d'un regard vif ; il y avait longtemps qu'elle ne l'avait vue aussi lumineuse. La pièce était haute de plafond, mal proportionnée et représentait le tiers d'un salon de trois fenêtres ; les moulures faisaient ici une courbe harmonieuse et Goulia, en entrant dans cette pièce peu après son retour d'exil et son mariage précipité avec le propriétaire imposant des lieux, avait longuement recherché une place pour le lit dans la mesure où, ayant ses propres relations à l'espace, elle ne pouvait aucunement faire correspondre ce morceau de moulure au plafond avec son corps couché dans le lit... Trois ou quatre mois après ce mariage extravagant, le propriétaire de la pièce mourut subitement, laissant à Goulia son héritage poussiéreux, vétuste, mais fort précieux.

La pièce était bleu clair. Goulia faillit la peindre en rouge, mais Véroucha dit que dans ces conditions elle ne mettrait plus les pieds chez elle, et Goulia donna l'ordre aux peintres de la refaire en bleu. Ce fut magnifique. Goulia vivait comme dans un décor de théâtre : les murs étaient d'un bleu aussi invraisemblable et incroyable que sur une scène, et tous les objets — les meubles en bouleau de Carélie ébréché, le cadre en bronze fané du miroir terni — se dressaient élégamment sur ce fond bleu surnaturel.

La vaisselle sale était sur la table, comme disposée pour une nature morte ; Goulia, calée sur le coussin posé à la tête de son lit bateau, souriait. N'étant sujette ni aux insomnies ni aux cauchemars, elle allait tous les soirs dans ce bateau pour voguer dans les cieux, sans oublier de chuchoter : « Que ton nom soit glorifié, mon Dieu, nous avons encore vogué une petite journée en ta compagnie. Et, je t'en prie, pas de rêves ! Si possible... »

Mais cette fois, au petit matin, un rêve était là qui ne s'était pas dissipé aussitôt et avait assombri l'humeur de fête de Goulia. Le rêve n'avait pas de sujet : la sensation du pouvoir de quelqu'un d'autre, d'un espace clos ; une facture grossière, vraiment très grossière. Arrière, arrière ! je ne veux pas m'en souvenir. De la toile sur une table... Le capitaine Outenkov jurant de façon odieuse, quelque chose de tendre à l'oreille... File... Mais file donc !... Tu pues... goujat... Sauvé. Va-t'en ! Je ne veux pas !

Mais le rêve n'avait pas émergé à la surface et il revenait dans sa mémoire contre sa volonté. Elle, Goulia, se trouve dans un bureau, sur un long tapis très propre ; elle est chaussée de grandes bottes répugnantes et le capitaine Outenkov savoure son nom princier de jeune fille, et soudain surgit en elle un désir pénible qui frétille comme la queue d'un grand poisson. Or, Outenkov n'est pas Outenkov mais devient un être aimé, un intime... Les choses se précisent et il cesse tout à fait d'être Outenkov... Et tout cela dure, ne s'achève pas, ne se résout pas... Stupidité ! Pouah, quelle stupidité ! Mais enfin, je te le demande, s'il te plaît, je n'ai pas besoin de rêver...

Ah oui ! Chourik va venir calfeutrer la fenêtre. Comme il est gentil. La fenêtre, oui. Il faut se lever et ranger. Je devrais prendre un bain brûlant. Aucune envie de nettoyer. Les voisins sont des porcs. Il y a une saleté incroyable dans la salle de bains. C'est répugnant d'y mettre les pieds, même sans prendre de bain...

Et son après-midi se poursuivit. À trois heures, elle but du café. Elle répondit au téléphone. C'étaient les invités de la veille qui téléphonaient, pour les voisins aussi. Elle lut quelques pages d'un roman policier français. Ennuyeux. Elle réchauffa une saucisse. Juliette ne la mangea pas. On téléphona de nouveau : Béatrice, une juive américaine fixée en Russie, une amie d'exil, l'invitait. Oui, j'irai ! décida Goulia. Que le diable l'emporte avec sa fenêtre ! Il est évident qu'il fait froid en hiver ! Et il doit faire froid. Et est-ce que Chourik viendra ou non, qui sait.

« J'arrive, Betka, j'arrive ! » promit Goulia.

À peine avait-elle raccroché le téléphone que Chourik téléphonait pour lui demander si elle avait de la bourre.

« Peut-être devrait-on remettre ça à plus tard ? dit Goulia en voulant se dédire.

— Il n'en est pas question. Tu vas prendre froid. Il gèle. Et il y a des courants d'air chez toi ! »

Et Goulia téléphona à Béatrice pour lui annoncer qu'elle viendrait, mais un peu plus tard.

San Sanytch arriva à huit heures. Goulia, sentant que sa visite était ratée et que sa fête, qui avait juste frétillé, faisait tout pour lui échapper, entra en fureur : contre Chourik qui était arrivé en retard, contre elle-même qui avait donné son accord pour qu'il calfeutre la fenêtre, alors qu'elle s'était parfaitement bien débrouillée jusqu'à présent, et même contre Béatrice, avec sa grosse voix masculine, l'adorable Béatrice, si affectueuse et naïve au point d'en être idiote.

« Il fait un froid épouvantable, environ moins trente, sinon davantage », dit San Sanytch d'une voix transie en ôtant son manteau dans la pièce, près de Goulia. Personne ne suspendait ses affaires sur le portemanteau de l'entrée. On disait que si on ne volait pas un manteau, on allait à coup sûr lui faire les poches.

« Il fait un froid terrible, je te dis, poursuivit San Sanytch en sortant des rouleaux de papier de son cartable élimé. Fais-moi du thé, s'il te plaît ! Et il me faut une casserole d'eau : je dois chauffer la colle. »

Goulia alla dans la cuisine avec l'air d'une condamnée, comprenant qu'elle ne se rendrait pas à l'invitation aujourd'hui.

Après avoir bu son thé à la hâte, Chourik grimpa sur le rebord et ouvrit la fenêtre intérieure. Les espagnolettes en laiton et les gonds sur toute la longueur du cadre fonctionnaient parfaitement, malgré leur siècle d'existence ; mais les cadres eux-mêmes étaient pourris. La couche d'air froid conservée entre eux enfla aussitôt et emplit toute la pièce.

San Sanytch poussait de fins rouleaux de bourre dans les fentes entre les châssis. Goulia était assise dans un fauteuil avec Juliette dans les bras et demandait d'une voix aimable en quoi elle pouvait être utile.

San Sanytch aimait Goulia. Il la connaissait depuis son enfance, mais de façon éparse en quelque sorte. On l'avait emprisonnée trois fois : deux fois, estimait-elle, à cause de ses maris, et une fois — comme elle l'expliquait elle-même — à cause d'un excès d'instruction. Cette dernière fois datait d'après la guerre, dans le petit laps de temps où elle avait vécu sans mari. D'habitude, elle trouvait ses maris rapidement, l'un après l'autre, mais elle avait connu cette fois-ci une période de célibat et était allée travailler.

Après le lycée, Goulia n'avait pas fait d'études supérieures, mais elle maîtrisait bien les langues étrangères et, selon les notions de cette époque, elle les connaissait même à merveille. La mère de Goulia était à moitié allemande et avait été élevée en France, de sorte qu'on pratiquait chez elle ces deux langues. De plus, une Anglaise, une certaine Miss Frost, vivait chez eux et était, en dépit de l'idée générale qu'on se fait des Anglais, incroyablement bavarde. Elle remplissait la maison entière de ses gazouillements intarissables et seul un sourd n'eût pas appris l'anglais en sa présence. Douée pour les langues, Goulia qui, lors du dernier été avant la guerre, était tombée amoureuse à quatorze ans d'un chanteur italien qui enseignait alors à Moscou, avait facilement appris l'italien, en deux mois, émerveillant son maître à la voix suave par l'aisance avec laquelle elle parlait et par la vivacité de sa conduite qui n'avait rien de nordique.

Quant au polonais, elle l'apprit en exil par un concours de circonstances. Lors d'une de ses visites, Véra Alexandrovna avait laissé un Agatha Christie en polonais et Goulia, qui n'avait pas encore goûté les douceurs de ce genre, s'était accrochée à lui et durant de longues années ne s'était attelée à rien d'autre qu'à Agatotchka, comme elle l'appelait tendrement.

Goulia avait trouvé un travail de rédactrice-traductrice dans un bureau technique. Elle y resta un peu plus d'un an, puis elle entra dans un conflit stupide avec son chef, qui s'amplifia jusqu'à ce qu'il écrive une dénonciation contre elle où il l'accusait de façon complètement incohérente d'apolitisme, de cosmopolitisme et d'espionnage. Même pour cette époque, l'accusation était si absurde qu'au bout d'un an et demi, avant même la mort de Staline, Goulia fut libérée.

Dans les entractes entre ses emprisonnements successifs, Goulia se débrouillait pour vivre comme un petit oiseau, retrouvant aussitôt un nouveau mari, jouissant de la fête enragée de l'amour ; elle riait, courait chez ses amis, « jouait les libellules », comme disait d'elle la prudente Véroucha que la vie avait terrorisée à mort. Cependant, Goulia continuait de cultiver avec désinvolture les fleurs de la vie.

Chourik naquit lorsque Goulia habitait chez Véroucha à Kalouga après une première expérience des camps, et il fut le premier et l'unique enfant auquel Goulia se fût attachée dès ses premiers jours. Elle avait d'une certaine façon réussi à surmonter sa répulsion pour cette période humide et morveuse de l'existence qui provoquait son dégoût. En tout cas, elle avait fait une exception pour Chourik.

Même lorsqu'elle partit de chez Véroucha pour emménager chez Pavel Arkadiévitch — il est difficile maintenant de recenser son rang dans la liste de ses maris —, elle continua à leur rendre visite régulièrement et ce durant toutes les années où elle vécut avec lui, jusqu'à sa mort, dans une joie inextinguible de l'âme et du corps, car, malgré sa constitution interne, elle était quasiment tombée amoureuse de lui.

Durant les premières années de la vie de Chourik, Goulia semblait soyeuse, joyeuse, dans le nuage de parfum et l'écume légère de ses boucles chétives, avec ses sourcils dessinés et ses yeux d'un vert réellement précieux. L'affectueux garçon enlaçait ses genoux lisses et se pâmait avec un cœur trop gros. Et Goulia passait ses doigts aux ongles rouges, légèrement recourbés, dans ses cheveux fins destinés à une vie éphémère.

Puis Goulia disparut, et Chourik en éprouva de la nostalgie. Cependant, quand elle revint définitivement, le cœur de Chourik n'était plus capable de grandes fêtes, et Goulia n'était plus aussi soyeuse. En outre, c'était l'année de ses seize ans, quand la soie, le miel, la fourrure et d'autres perfections de ce monde résidaient pour lui dans un réceptacle tout autre.

Goulia, elle, s'empressa de se marier avec un beau vieillard au nom célèbre. Il est vrai que ce n'était pas lui, malheureusement, mais seulement un homonyme. Mais qui aurait osé le lui demander ?

Goulia vivait de toutes ses forces, sans manquer les vernissages, les premières, les soirées de bienfaisance, les spectacles en tournée. Son dernier mari mourut sans qu'on y prît garde et Goulia déclara à ses amies que dorénavant elle serait une moniale, complètement dans le monde toutefois...

San Sanytch, qui avait perdu à cette époque une bonne partie de ses cheveux, qui avait pris beaucoup d'embonpoint et acquis une ressemblance indubitable avec une pomme de terre, servait alors une autre idole, mais il ne rechignait jamais aux exigences désinvoltes de Goulia — jamais il ne les aurait d'ailleurs qualifiées ainsi lui-même —, qu'il s'agisse de déplacer un meuble, de l'emmener à la campagne ou de l'accompagner à la gare. Mais San Sanytch souffrait malgré tout, comprenant que Goulia était vieille, qu'il lui apportait une aide absolument dérisoire, et calfeutrer la fenêtre le réjouissait comme une occasion d'être utile en quelque chose à sa chère Goulia.

La fenêtre à trois battants était d'une hauteur excessive, aristocratique : depuis le rebord sa main atteignait à peine la moitié du cadre et les fentes sans fin avaient avalé trois paquets de bourre, un tas entier de chiffons déchirés en lanières. Ce travail semblait ne pas devoir finir.

Goulia parlait depuis plus de deux heures, avec enchantement, de sa tendre amitié pour un certain Max, mais San Sanytch ne se rendit pas compte qu'il s'agissait de Volochine[1]. S'aperce-

1. Maximilian Volochine (1878-1932). Poète proche du symbolisme et de l'acméisme.

vant que San Sanytch en avait fini avec le cadre intérieur, elle sortit la petite carafe de cognac et quelques médiocres zakouski.

« Hier, les invités ont tout mangé jusqu'à la dernière miette, et je n'ai pas mis le nez dehors de la journée, dit-elle pour expliquer la frugalité de sa table. Mon bon ami, on va casser une petite graine ensemble ! » roucoula Goulia qui depuis sa jeunesse aimait la joyeuse accélération du sang que lui procurait l'alcool, et elle sortit deux grandes coupes. « Il est évidemment stupide de boire du cognac dans des coupes pareilles, et vertes en plus. Mais peu importe, tous les autres verres sont sales », et elle fit un geste en direction de la table à ordures, comme elle disait, près de la porte, où se trouvait la vaisselle sale de la veille. « Tu sais, j'ai pensé que l'esclavage n'avait qu'à aller au diable ! Si je ne veux pas faire la vaisselle, je peux ne pas la faire, en définitive. N'est-ce pas mon ami ?

— Ma petite Goulia, c'est vrai, bien sûr », répondit San Sanytch, avec un sourire attendri et la tête inclinée. Il la regardait plein d'admiration. Elle le sentait et, du coup, elle fanfaronnait. « Tu es adorable. Dans notre génération, des gens comme toi n'existent plus.

— À quoi penses-tu ? demanda Goulia qui aimait les compliments de toutes sortes et attendait d'entendre des choses agréables. Verse-moi du cognac, mon pigeon. Voilà. Ça suffit.

— À ta santé ! Goulia, tu es une femme étonnante ! Tu es la plus belle des femmes ! Je ne te dirai rien de nouveau, mais tu es *ewig weiblich* ! Hélène, Marguerite et Béatrice dans le même visage ! » dit San Sanytch, d'un air exalté, mais sincère et en même temps inspiré, tout en levant sa coupe d'un vert opaque.

Goulia éclata de rire en posant sur son front sa main sèche qui était tournée vers l'intérieur, comme chez les pianistes.

« Il y a si longtemps que je n'ai entendu ces nobles noms que j'ai été surprise au premier instant que tu élèves dans une telle compagnie ma chère Béatrice, Béatrice Abramovna ! Oh ! j'ai oublié de lui téléphoner, se souvint-elle au milieu de ses rires.

— Allons, Goulia ! tu ne te laisses pas admirer !

— Moi ? Autant que tu veux ! Que peut-il y avoir de plus agréable pour une dame que d'être admirée... Est-ce que... » et elle s'esclaffa de nouveau.

« Ah, Goulia, Goulia ! Comment ne pas t'aimer ? C'est tout simplement impossible ! » trompetta San Sanytch d'une voix enrhumée.

Elle était assise dans son grand fauteuil dont un accoudoir tenait grâce à une vieille ceinture de robe de chambre. Ses cheveux bleus, qu'elle venait de teindre, faisaient une nébuleuse autour de son petit crâne ; comme toujours, ses sourcils étaient soulignés en angle et surmontaient ses yeux intelligents qui souriaient précieusement.

San Sanytch versa un deuxième verre.

« Oui, Goulia, ma chère, je veux boire au miracle de la féminité, au miracle de ta féminité ! » proclama-t-il triomphalement, puis il se pencha pour déposer un baiser sur sa main.

Quelque chose croustilla dans la mémoire de Goulia. Une chose à la fois proche, aimée, intime, qui transparaissait dans les traits du capitaine Outenkov : mais c'était Chourik, oui, Chourik !

San Sanytch, lui, ne cessait de jouer les tribuns. Amolli par le cognac, il bredouillait à propos de ses genoux soyeux qu'il aimait tant quand il était petit, des gants tendres dont l'effleurement l'émouvait beaucoup, et même de la longue-vue qu'elle lui avait offerte jadis...

Avec ses doigts cerclés de grosses bagues affreuses, Goulia déboutonna les trois premiers boutons de son corsage mauve, soupira profondément et elle dit doucement, en détachant chaque syllabe :

« Chourik, je me sens mal...

— Mon Dieu ! ma petite Goulia, qu'est-ce qui t'arrive ? ! J'appelle le médecin, dit San Sanytch, la voix brisée et sincèrement alarmé par son malaise.

— Non, non, que dis-tu, pas question ! Ça m'arrive. C'est vasculaire. Le changement de temps, tu sais. Aide-moi à m'allonger sur le lit. Comme ça. Merci, mon garçon ! » Et, suivant son inspiration astucieuse, Goulia entraîna l'imprudent, l'innocent San Sanytch, qui ne soupçonnait rien mais qui était déjà condamné, dans son bateau amarré. « Un peu plus haut, le coussin, s'il te plaît, et dégrafe mon corset, mon ami ! » ordonna Goulia d'une voix lasse. San Sanytch obtempéra.

Deux melons d'automne à la peau fine roulèrent lentement sur les mains de San Sanytch.

« Tu as peut-être besoin de médicaments ? Je vais tout de suite... gazouilla San Sanytch légèrement troublé.

— Il s'agit bien de médicaments ! » dit Goulia avec une merveilleuse condescendance, et San Sanytch finit par comprendre qu'il était au pied du mur...

Le bateau appareilla, et à cet instant San Sanytch sentit que tous les piètres compliments alambiqués, qu'il avait gazouillés une demi-heure plus tôt, étaient une sainte et exacte vérité.

Juliette traîna ses griffes osseuses depuis le coussin de velours jusqu'au fauteuil, y sauta et s'y installa, sans quitter du regard les jambes fines et blanches de sa maîtresse.

À six heures moins le quart, la serrure de la chambre de Goulia claqua : elle raccompagnait

San Sanytch. Ils étaient de la même taille — Goulia avec ses longues jambes et San Sanytch, trapu dans son gros manteau d'hiver. Elle heurta le portemanteau, fit tomber le balai-brosse près de la porte de la voisine et, après avoir déposé un baiser sur son front, elle lui dit d'une puissante voix de basse inattendue :

« Je te remercie, Chourik !

— Pour quoi ? demanda à voix basse Chourik.

— Pour tout ! » dit Goulia, rayonnante, en tirant un trait tragique.

Trois jours durant, Goulia n'enleva pas du guéridon ovale les deux coupes vertes. Ses amies passaient la voir. Elle les installait dans le fauteuil et, montrant les coupes, disait d'un air languissant :

« Je dois te dire qu'à notre âge les jeux de l'amour sont une occupation trop éreintante. » Elle faisait une pause et continuait négligemment : « Un amant est venu me voir. Jeune. Je suis si fatiguée que je n'ai pas la force de laver deux verres. »

Et du majeur elle soulevait légèrement sa paupière qui tombait un peu ces dernières années, et elle suivait attentivement l'expression que prenait son amie, afin de ne pas manquer cette dernière étincelle d'une fête arrivée de façon imprévue.

Composition Nord Compo
Impression Novoprint
à Barcelone, le 6 février 2007
Dépôt légal : février 2007
1er *dépôt légal dans la collection : avril 2004*

ISBN 978-2-07-031457-7./Imprimé en Espagne.

151037